Quotes from Lwoavie。1

字作自受
じごう　　　　じとく

You Deserve It

孤泣 ＿＿＿＿＿＿ 作品

序

孤泣十周年作品選。

就這樣，過了十年。

好吧，就如寫小說一樣，一句說話，已經是十年，這十年你又做過甚麼？遇上甚麼人？有甚麼改變？

從我出版第一本書籍時，已經在每一章故事中寫入句子，還有，每天都會寫出一兩句孤泣的語錄，十年過去，這個習慣從來沒有改變，回頭一看，我已經寫了超過十萬字以上的句子。

別以爲寫出一句「有感覺」的句子是一件很簡單的事，有時，我需要聽著歌，把自己走入另一個世界之中，可能是痛苦、可能是崩潰、可能是快樂、可能是慶幸、可能是不幸的世界，我才可以寫出一些讓人有領悟、有共鳴、有感覺、有意思的句子。我有試過，坐在電腦前兩三個小時，還沒想出一句當天心情的句子，的確，有時寫金句比寫小說更花時間。

而且，有時還會因爲回憶而出現了痛苦，甚至流淚。

你終於明白了，爲甚麼書名叫《字作自受》、《字討苦吃》？

的確，我總是「自作自受」、「自討苦吃」。

不過，我知道，是值得的。

「你有沒有曾經被孤泣的句子感動過?」

我相信會看這個「序」的你,就是其中一個被感動過的人。

正好今年是我寫作的十周年,所以我決定了出版「孤泣語錄」紀念集,用來記錄著這過去十年的人生、過去十年寫過的句子,同時,也記錄著你的人生。

當有一天,你在生活中,因為不同的原因而感覺到痛苦,請隨手揭開一頁,你會找到一句適合你的句子,或者,不能給你答案,但可以讓你得到領悟與產生共鳴。有時,由自己領悟,比直接給你答案,更能讓你成長。

隨手揭就可以?對,因為,這就是……「緣分的法則」。

如果,要我在十數萬字中,找出一句最喜歡的金句,我現在,想起了一句。

「沒有你,沒有我。」

孤泣 字
4/2019

JAN UARY

值得擁有更好，才會讓你失去。

明知一起不會長久，寧願成為一世好友。

如果你愛他的暗示他不想聽懂，你說一千句也沒有用。

要成為他捨不得放手的對象，先要讓自己值得被別人欣賞。

別人都在尋找新的愛好，你卻還在想着舊的前度。

別要被不重要的日子，每年影響你心情一次。

總有天會想清楚，不再執著請借過。

痛楚有兩種，一種讓你害怕，一種讓你堅強。

有些安慰與關心，只是說給願意走出痛苦的人。
如果你不想走出……

人生，愛上幾個人渣沒問題，
不過，別要一個人渣愛幾次。

看着你失望已經夠多，其實你還在期待甚麼？

謝謝每一位，離開了我生活圈子的你，
謝謝每一位，這年才走進我生命的你，
謝謝每一位，還沒有離開我世界的你。

有太多關係……最初以為相見恨晚，最後寧願互不相關。

能把互相秘密保守，才能成為一世好友。

所有記憶都存在可疑，或者，你被自行造假的記憶欺騙了。

你其實沒有想像中那麼喜歡他，你只不過是……得不到他。

別要因為寂寞得太久，順眼就當是終生廝守。

9

如果，你無意之間想起我，希望是笑着回味我們的經過。

別給自己無限的理由，不去放下從前的傷口。

明知沒有以後，還是喜歡很久？因為失望未夠，才會繼續回頭。

你為甚麼要很努力地讓他知道你很努力地想他？

我們是需要被虐待的經歷，才能夠學懂甚麼叫做珍惜。

值得擁有更好，才會讓你失去。

每個人都被分類了，但每個人都可以擁有屬於自己的分類。

無論是否已經被分類，命運都掌握在你手裏。

已沒法再擁有，也沒法說出口。

很累但沒法睡，想你卻沒找你。

通常是那個沒法走到最後的人，跟你經歷最多意想不到的人生。

當處理好自己的心態，就會覺得情況沒想像中這麼壞。

總有一天，會有一個人在你生命中經過，
讓你知道，爲何你跟其他人也沒有結果。

你用做朋友的藉口，掩飾着愛他的感受。

你是否想念一個不該想念的人，卻沒法停止？又無法開始？

你就無謂繼續落力陪笑，你根本沒有想像中重要。

你還沒法真正痊癒，都只因，你還未有新的相遇。

成長就是懂得提醒自己，做好誰都會離開的準備。

餘下多少電量，你會沒有安全感？餘下多少信任⋯⋯

別說沒有他你不行，他還沒來前，你不也是一個人？

有些人，只看見你絕情的轉身，看不懂你埋藏的內心。

就算別人代你給他幸福，你也可以擁有美滿結局。

再別要天真，被前度牽引，我就當過去，鞭策人生。

盡了力就算，其他事隨緣。

時間從來也是救命恩人，總有天你不再為他傷心。

你明明生活已變回正常，卻被一些消息嚴重影響。

總有一天心結，會變成了完結。

有些放棄治療的人，不是因為想不開，而是因為想開了。

不想這樣就成為歷史，想進入你的生活圈子。

知道已經沒然後，明白不能再守候，
願我離開了以後，他能代我陪你走。而我，回憶已經足夠。

互相了解的深愛，才能生活得自在。

別把別人給你的痛楚，當做自己的錯。

你痛得最長那段時間，你成長得最快。

當你習慣了偷偷躲起來落淚，你就同時學會了在人前微笑。

謝謝你已經不在，謝謝你新的到來，謝謝你沒有離開。

你一直累積的人品，未必讓你帶來好運，至少讓你踢走霉運。

祝你早日失望透，重新開始自己走。

命運是會讓你遇上一兩個注定沒法得到的人，所以……隨它吧。

你無時無刻猜着別人的心思，你不覺累？還是覺得很有趣？

「你習慣……次次眞心，滿滿傷痕。」眞笨。

無論我是甚麼身份，只求你有快樂人生。

如果心甘情願，那就繼續留戀，還在痛苦階段？不如做個了斷。

生活其中一種幸福是，當你出來工作以後，同學還是你的好友。
Keep in touch.

總有一天，你連他的近況，都懶得看。

愛是我們與生俱來？還是後來學習的？

有些關係恰如其分，會更吸引。能夠做到適可而止，更有意思。

你所有痛苦的當初，會變成生命的經過。

你不顧一切，去選擇沉迷，你明知獻世，又不肯放低。

由開始到結束的過程，用最長時間的是清醒。

就算你演技逼真，你還是騙不了人，那個愛他的眼神。

你不會忘記，但你會放下。

或者我想你知道，其實不是我很好。

「看着你愛上別人」的下一句是……「總有天不再傷心」。

為甚麼你不把愛他的份量，分一點給你自己？請愛自己多一點。

只要你想通，你不是為了他而存在，少一點傷害。

你是沒法忘記？還是不想忘記？

你遲早會知道，太在意會變成折磨，最沒法預計是結果。

「下一世，你變得跟我一樣平凡……再相愛吧。」約定了。

會爭執吵架的才叫男女朋友，只會唯命是從的叫上司下屬。

看你這麼容易被代替，其實不用把他放心底。
獻不獻世？再沒所謂。放低。

只願做朋友，關係更長久。這就是只屬於我的，擁有。

我想你應該忙到沒時間回覆我，那就看前面三個字就好了。

有些人，未必長得最美、最英俊，卻是你喜歡的樣子。

如果我們沒有遇上，不會找到新的方向。

別怕，人生總會有些名字，將會變成往事。

當你開始計算付出回報的正比，證明你終於開始懂得愛惜自己。

你擅長把最初的好感，發展成為不甘與遺憾。

原來再沒提起，那個曾經的你。

為何還要用他去折磨你？只因你未捨得放過自己。

就算不能跟你一起，不會忘記曾經愛你。

我不知道永遠代表幾多秒，能愛到葬在你身邊，就夠了。

你在看着他的一切生活動態，卻知道自己不屬於他的世界。

因爲喜歡才會把你變成習慣，不喜歡連回個訊息也嫌麻煩。
愛，才會願意在你身上浪費時間。

「你的痛苦，源自你還在乎。還有，騙人的不在乎。」祝早日痊癒。

或者，你的傷會比別人多，或者，你的痛會非常折磨，
不過，這是你成長的經過。

還沒過完一生，你怎肯定沒可能，放下一個人？

「我過得不錯，也祝你幸福。」很多的故事，就這十個字。

若果你能堅強到冷暖自知，就再不需要他的噓寒問暖，醒醒吧。

「只要，她知道我們過得好，就快樂了。」這個人，會是誰？

「笑容背後的眼淚，眼淚背後的原因，原因背後的執著。」
看得出，就是你的笑容了。

或者他先選擇放棄，但選擇放下是由你。

爲甚麼？你還在一個不值得的人身上想證明甚麼？

當時，你是最好的你，你不要我，沒辦法。
現在，我是最好的我，我也不會要你了。

大概，總有種關係是，很久沒聊天，
很久沒聯絡，很久沒接觸，
但在心中，依然是很重要的人。

有幾多一生不變，別人只當你痴線？

我未死，不用在回憶中找我，想我時，直接聯絡簡單得多。

就算我擁有一千個傷心的理由，如無意外也總有忘記你的時候。

愛你的人是不太懂說話，但騙你的人會懂。

有些感情因一時衝動，便會遺憾一生。

「朋友就是，不用考慮哪裏玩而煩惱，
隨便找個地方聊天就好。」
是時候，聚一聚。

有天，當你想起我的好時，已經不會再有下次。

不是常見面，卻常在心中。

還沒過去，他會影響你情緒，
但會過去，然後收藏於心裏。

故事就是……「大家都是在等『希望對方先聯絡』，
然後……沒聯絡了。」

或者，真心朋友很少，不過，每個都很重要。

「想得太多會摧毀自己，太過在乎讓自己生氣。」何必強求一起？

舊的那位已成歷史，新的一年新的開始。

遇上你那一秒開始，成為我這一世故事。

「你教人時，甚麼都知道、甚麼都明白、甚麼都清楚，
到你自己，變成最笨的一個。」所以，我們需要朋友。

「那位……沒把你放入生活中的人，你又為何還要為他傷心？」
別再……深深不忿。

有時刻意疏離，都只因不想傷害自己。

「只因，態度愈來愈冷，才會，深愛變成心淡。」
不再自殘，需要時間。

「你用來想他累積的時間，應該可以完成一個醫學、法律學位，
然後成為一個專業人士。」
到時，他是誰？你忘記了，因為你有很多選擇。

想着一個不知道是否想着你的人。就是……想得太多。

有時，只不過是很喜歡一個人，並不代表沒有他就不行。

你知不知道，其實從來沒擁有過，
卻好像失去了一切，是甚麼感覺？

你明不明白，明知喜歡，但要放棄，是甚麼感覺？

你以爲永遠放不低，你以爲還會痛一世，
總有天……不再執迷，再沒所謂。

牽着手走完餘下的路，除了有愛，還要有……勇氣。

提出承諾，不叫付出；兌現承諾，才是付出。

如果，世界上眞有永遠，其實它眞正涵意是忍讓。

別再死纏爛打，請把最後僅有的尊嚴留給你自己。

示愛失敗的人請想想，你拿支空的芝華士樽到 7-11 按樽，
當然被拒絕吧。

何為手段？就是甚麼也不做就得到了；
為何認輸？就是甚麼也做過也得不到。

其實，你的近況我不想知道；只因，我的苦況你不會知道。

在你的世界中，你永遠都是勝利的一方，
因為，我不願輸給別人，但我只願意輸給你。

在等一個人的這個人……最後還是只得一個人。

你對他的感覺愈深厚，他對你的態度愈刻薄。

別問你愛的人在想甚麼，先問你怎麼想你愛的人。

先來的人與後來的人，也比不上那沒走的人。

熱戀過後，才是一生一世的開始。

真正幸福的人是不需刻意宣揚幸福。

如想，保存一份感覺，最好，保持一點距離，還要，保守這個秘密。

其實，想得到夢寐以求的東西，首先最重要做的是⋯⋯要醒。

愛情中，只有一個人永不放棄，又有甚麼用呢？

不去騷擾你，就是我愛你的方法。

用好友的關係愛着對方，反而更長久，重點是，別說出你的感覺。

因為，實在太重要，所以，只會做好友。

想抱他？還是想抱怨？有一種關係，別再走前一步，會更好。

跟某某擦身而過叫錯過，對某某死纏不休叫過錯。

還不明白嗎？要用物質取悅一個人，不會是愛。

與其，害怕接近而失去；不如，保持距離來維繫。

這時候，我在寫着：那時候，你還很愛我。——這叫淡淡的痛苦。

沒法得到的東西永遠是最好的，比得到了更好。

有些重視的人，你不去聯絡他，他永遠不會主動聯絡你。

有種痛苦，不是消失了再也不見，而是消失了再次出現。

其實傷害，一直存在，已經離開，何必回來？

憎恨別人是很痛苦，憎恨自己卻更痛苦。

真巧，說一起的是你；然後，說離開又是你。

其實我也很痛苦。嗯，我知道，我知道。嘿，不過說離開的人是你。

知道一個痛苦真相後，提出兩個虐待自己的問題：
「你係咪出面有第二個？」「我係咪你嘅唯一一個？」

既然你有能力痛苦，為何你沒能力割愛？

有今生沒來世，痛快；有來世沒今生，痛苦。

27

不能走出痛苦，就要學習承受痛苦繼續生活。

「沒有」與「多出」同樣痛苦。

因為太愛，所以，離開；因為離開，所以，更愛。

出口的謊言，傷人；沉默的欺騙，更傷。

沒有開始，便結束，很痛；沒有結束，便開始，很壞。

在出乎意料中結束，比明知故犯的繼續，快樂多了。

別要為了自己放棄別人，更別要為了別人放棄自己。

擇木而棲的人，都明白其實人非草木；
百毒不侵的人，都只因試過無藥可救。

自欺欺人的過程無論有多快樂也好，到最後結果都會是痛苦。

其實，當局者迷，就讓他迷吧，總有天，當他錯過痛過，會醒。

你假裝微笑，假裝不了快樂；你掩飾傷口，掩飾不了痛楚。

悄悄地回味從前的訊息，慢慢地發現已不再可惜。

遺忘，是需要經過歷久的訓練；銘記，只需要過去的不再出現。

需要你的人，不代表你需要的人，
同樣的，放下你的人，不代表你放下的人……都悲哀。

有甚麼是不可能的？六十億分之一的機會，你也遇上了。

輸入密碼，查詢戶口結餘，快樂或失落，應運而生；
按入短訊，查看訊息內容，真相與謊言，一目了然。

痛苦的過去能令你未來更快樂，
假如你懂得甚麼是領悟與……教訓。

世界上沒有最聰明的人，只有在適當時候聰明的人。

痛苦還痛苦，請別自甘墮落；快樂還快樂，請別樂極生悲。

來臨時，非同小可；離開時，非走不可。

兩個人的愛情，再苦也是甜的；三個人的愛情，再甜也是苦的。

寧爲前途而奔波，莫爲愛情而坎坷。

因爲要有結束，才會有開始；所以當有開始，別怕有結束。

情開始前，是猜度；愛情崩潰前，
是懷疑，猜度與懷疑只是一線之差。

就算，不知道自己愛甚麼；至少，知道自己不愛甚麼。

我們都惺惺相惜，對愛情不堪一擊。

把熱情、浪漫拿掉之後，還好好珍惜的就是愛情。
把上衣、內褲除下以後，沒非分之想的就是……

別因爲愛過一兩個人渣就放棄愛情，愛多幾個才說吧。

通常，要經歷過……太遲；才會，懂得學會……趁早。
韓劇是，只爲一個人而活，願爲一個人而死。
現實是，只爲了自己而活，不爲過路人而死。

會害怕的才叫勇氣，會受傷的才是愛情。
甚麼事也不會害怕的人根本不需要勇氣，
甚麼事也無動於衷的人根本不需要愛情。
重複，會害怕的才叫勇氣，會受傷的才是愛情。

「用完卽棄」放在哪裏最恰當？隱形眼鏡？超市膠袋？
3mm 安全套？還是……我們的愛情？

寂寞是……你收到很多訊息，拿起手機看，
全是無關痛癢的 Group chat。

好聽，叫堅持，難聽，叫固執。還要堅持固執？

如果，你能夠知道，愛的相反是甚麼？
然後，你便會明白，愛的最痛是甚麼。

誰最在乎你？當生病時就知道了。

如果沒有緣份，十面埋伏也會擦身而過；
緣份沒有如果，擦身而過也許是你想錯。

在我們的人生之中，擦身而過的太多，而能夠留下來的，
也許需要是一份……緣份。還有……巧合。

愛上了不能擁有的人，總好過，擁有了不會愛上的人。

或者，放棄變成最好的開始；也許，堅持成為最壞的結束。

也許，你愈過份在乎，愈不是你想要的結果。

偶然，想起一個不能再擁有的人，也是一種……享受。

有些歌，只播，一秒，你便已知，同時，回憶，蜂擁而至。

閉上眼睛第一個看見的人是誰？也許多半也是不常見的，那個。

很愛，不代表能擁有；擁有，不代表還很愛。

你可以嘗試擁有，但不可無止強求。

縱使，你常把他掛在嘴邊；可惜，他沒把你放在心裏。

別妄想你放不下的人同樣放不下你。

很諷刺，連吃醋也沒有資格的人，最清楚酸味。

你還在等回覆？你等待的人，已經一早，睡了。很悲。
你等待的人，其實一直，裝睡。更悲。

遇上最可怕的人，放棄你，很痛；遇上最可靠的人，背叛你，更痛。

真諷刺，你喜歡他，就如他不喜歡你一樣堅定。

只因還……未回來，才會用……來回味。

不能走得乾乾脆脆，也要痛得轟轟烈烈……才會醒。

你懂得愛，會明白甚麼是恨；你還在恨，代表了你依然愛。

有種解脫，是一種寄託；有種寄託，是一種解脫。

有種恨是別人原諒你，你卻不能原諒你自己。

別人看到你的最後上線時間，
只不過因為……你為了看某人的最後上線時間。
中肯？不，有句更中肯的。你看到某人的最後上線時間，
只不過因為……他為了看別人的最後上線時間。

開始，是兩個人的決定；結束，是一個人的需要。

愈想得多愈難過，愈難過愈想得多。

我們都忽略疼愛我們的人同時被疼愛的人忽略。

原來你要的不是我，不夠痛；原來你已經騙我很久，更痛。

通常，想找白馬王子與白雪公主的人，
都覺得自己配得上白雪公主與白馬王子。

錯了後才得到正確答案，總好過，知道正確答案後才發覺錯了。

To 痴男怨女奮不顧身是前因，粉身碎骨是後果，請別身先士卒。

爲了別人，傷害自己，一次就足夠；
爲了自己，傷害別人，一次也不可。

做第三者的壞，比不上做第三者的蠢，
更遠遠比不上做第三者的痛。

別用傷害別人來試探底線；別再自視過高去嘗試高攀。

當你傷害最愛的人，痛的反而是你自己……這就是愛。

愈想減肥愈易餓，愈想拍拖愈揀錯。

被回頭吃的草，爲何感覺反而有點悽美？
只有馬可以選擇嗎？其實，草也有權選擇。

通常，怕痛的才會更易跌倒，跌倒才知甚麼是真正的痛。

過份羨慕別人就表示在否定自己。
別這樣，其實你也是獨一無二的。

為了不值得的執著就是無知，為了不愛你而無知就是執著。

「我會永遠愛你！」——已經聽過很多次嗎？
結果呢？對，有時甜言蜜語，聽了開心就好，別太認真。

原來曖昧也有分層次，要回避還是嘗試、是愚蠢還是明智、
是堅決對抗還是任由處置，就要看看互相的心意。
曖昧是一種不明文協議。

有時，成熟，是由時間迫出來的。

愛不愛我，那是對方的問題。
只要自己能夠成為一個配得上別人愛的人，便足夠了。

書到用時方恨少，總好過愛到恨時方用多。

連恨也不再恨一個人，連記起也覺得浪費時間，
這才是真正的放低。

我們總是把永遠當是一個盡頭，
其實永遠不是盡頭，是一個決定。

不是所有的謊言，都會變成不幸，
不是每句的真話，都能換來幸福。

Ancient Roman observances during this month include Cervula and Juvenalia, celebra... January 1, as well as one of three Agonalia, celebrated January 9, and Carmentalia, celebra...

• January

he warmest m... year within most of the Southern Hemisphere (where

... is the secon... summer). In the Southern hemisphere, January is the

...asonal equivalent of July in the Northern hemisphere and vice versa.

2

MARCH

當你喜歡到極致，人渣都會當天使。

如果是你留不住的東西，最好把時間留給下一位。

不求你想起我，只求你好好過。

我們總算是不錯的人，可是我們不是對的人。

第一眼已心動想擁有，誰又會想只能做朋友？

有時候，太年輕便相遇未必最好，
有太多，未成熟就分開不可到老。

別要執著一世，一生總有得不到的東西。

不求他會回來，只望你可放開。

有一種感覺很可怕，輸不起又放不低。

「誰試過喝醉後聯絡不應聯絡的人，請舉手。」
別讓犯賤變成你的習慣。

很多人變得鐵石心腸，都只因曾經心地善良。

「你也太好戲了，明明放不下卻扮作不在乎。」
不過，我知道，這是必需要的。

無論是友情或愛情，每次主動去找你，
只是想你知道我還珍惜你。

你沒法忘記一個人，不要緊，就學習想起一個人，不傷感。

只不過是有人狠心放棄你，你為何要狠心放棄你自己？

有些人，只可以按兵不動，有些人，只適合活在心中。

那些沒法輕易忘記的事，總有一天，你會明白它的真正意義。

就算你是人渣吸塵機，你也要好好愛惜自己。

我不怕被人討厭，我喜歡你用我的名字拒絕別人。

或者，只是你覺得他是人渣，但他對喜歡的人很好。

放棄一個喜歡很久的人，放下用的時間，應該會比喜歡更久。

苦是苦，樂是樂，唯有痛到醒。

還在意他，但不再強求。

有些人是「做朋友吧，一直陪在身邊。」
有些人是「徹底放棄，寧願不做朋友。」

你依靠記憶愛着他，卻沒法現實中說話。

寂寞不可怕，最可怕是你害怕被別人知道你寂寞。

別要讓我知道，你過得好不好。

對人說一早已經放棄，其實是一直還在等你。

「任何事做多了就會變成一種病態。」
比如，想念一個人……

我們沒有了然後，由你代我陪他走。

低頭，並不一定是恥辱，也可代表絕不退縮！

痛到要放手的一刻感受，卻是最愛一個人的時候。

別怕故事總有完結的一天，只因新的開始會再次出現。

把心中的說話都告訴你，不是我蠢，而是我信任你。

每次跟好友談論愛情時，你又想起了某人的樣子。

你又想起了某人的樣子，試一次，不提及他的故事？

有時，念舊，長情，都只因沒出現一段新的關係。

你從來也不是不幸，你只是擁有一個峰迴路轉的人生。

有時，辛苦的不是工作本身，而是在工作遇上的人。

有時別要太過份美化自己，或者最仆街那個可能是你。

無論，你是甚麼身份，犧牲，不一定是應份。

你練習了多久才學會絕情？你墮落有多深才真正清醒？

當你喜歡到極致，人渣都會當天使。

總有天你會參透因果，你沒有他還是這樣過。

如要想交心，先要找對人。

你用盡氣力去愛，不代表你需要用盡氣力被人傷害。

有些人，讓好感變成了愛情，有些人，讓好感換來了心領。

不太懂炫耀幸福的人，通常比經常炫耀的更幸福。

有些人，繼續不懂心死，仍然強求一起。
有些人，寧願保持距離，無謂白費心機。

別要以為想得很清楚，就會出現想要的結果。

得到了的不會知道，得不到會變成最好。

有些人，可以同時愛上很多人，
有些人，卻愛了同一個人很多次。

你愈在意甚麼，那件事、那個人愈會折磨你。

你受盡折磨，都只因你想得太多。

有些關係是不能勉強，你愈是逞強愈易受傷。

生命的重要，不是你想像中那麼不重要。

從來不是想佔有，但請你明白沒法擁有的感受。

「放在某一個位置，別去嘗試，就不會失意。」你知？

愛你的人，未必最明白你，反而，敵人反而最清楚你的內心。

所有過去發生的不幸，證明你曾愛過一個人。

點個讚都要想很久、想很多，你在意。

討好本身是沒問題的，不過你討好得太過卑微。

做一個痛苦的好人？還是做一個快樂的壞人？

你再長大多一點，你就明白為甚麼你需要「受傷」。

曾經說過一生，後來變成陌生。

別太委屈自己，你走不進他的生活，就擁有自己的生活。

星座是很有趣的，就因爲一個人，
你討厭了世界上十二分之一的人。

能夠在你的面前做我自己，價值不菲。

最有趣是，世界上所有撲火的燈蛾，是一早知道結局的。

事過境遷，心態改變，不需相見，只需懷念。

請選擇一題作答。
一、「二律背反」是哪位哲學家的概念？
二、「存在主義」由哪個年代開始興起？
三、「唯物辯證法」的核心價值是甚麼？
四、你想我嗎？
都是⋯⋯哲學問題。

失去了，或者是現在，過去了，將會是未來。

「用三個字，寫一句謊話。」沒想你。

其實不需要給我甚麼，只需要跟我回憶經過。

不管是甚麼身份，別要離開各自的生活圈子，好嗎？

人家跟你多說幾句，你就想出一套韓劇來。

有一種人，說了放手還深愛，有一種人，因為深愛才放手。

通常經歷得最多，就是那次沒結果。

你以為自己很了解這個世界？
其實，你只不過是一隻井底之蛙身上的一條蟲。

「有時，就是要付出很多愛，
很多心機，才會懂有些人原來不適合自己。」
這就是成長。

要把痛苦沖淡，除了時間，還要習慣。

你根本不會知道，那個對着你笑的人，心中在想着甚麼。

儘管社會非常荒謬，也要了解別人感受。

別人怎樣看你是別人的事，做你喜歡的自己才有意義。

「如果你眞的不需要回報，爲甚麼還會爲他而苦惱？」
騙得了別人，騙不了自己。

只是，不想適應這個世界，如有得罪，請勿見怪。

把你放進回憶盒子裏，不怕再失去，也不用再佔據。

有太多東西事與願違，你要適應，失望到覺得再無所謂。

慕名而來的很多，堅持到底沒幾個。

要想通，要經歷過很多次想不通；
要不痛，要嘗試過很多徹底心痛。

不是常見面就叫朋友，不是不見面就有心病，
真正的友情，不會因為見面次數而減少。

「有時，失控，都只因把回報看得太重，
有時，心痛，都只因以為付出就有用。」
你要學懂，付出與回報，永遠不相同。

這城市很有趣，大家都在看煙花，
大家都熱烈慶祝，但大家……真的快樂嗎？

沒法刪除某個人的回憶？那就記到你再沒感覺吧。

太在乎會變成折磨，太在意反而會難過，相信我，別想太多。

大概，認識我的人，也曾在我的言語之間，聽過你的名字。

你抵抗不了一時孤獨，然後你走去自取其辱。

有時真想讚讚自己演技好，就算難過也不會有人知道。

刪除他的東西，封鎖他的聯絡，
證明了甚麼？證明你曾經很愛一個人。

「通常，說過要保護你的人，傷害你最多。」愛惜自己。

就算不能再一齊，也請別要再自毀。

「老實，其實他也沒欠你甚麼，只是，你以為他還欠你很多。」
放過自己。

有種關係，很簡單的七個字。「就算想，也不能找。」

如果曾經跟我快樂過，就別說你後悔認識我。

要做別人喜歡的自己？還是自己喜歡的自己？

「就因，忘記你注定艱難，所以，想念你變成習慣。」
直至心淡，需要時間。

還是有一點點的傷感，但已沒從前那麼傷心。

大概，能夠改變你一生，總是，那個得不到的人。

「從沒後悔跟你遇上，不再接觸只怕受傷。」
請原諒，逃避，都只因忘記，我並不擅長。

「任何人都有可能離開你的生活圈子，別要，太過在意。」
新的關係，新的開始。

或者，繞了一圈再遇上，才知，誰是最愛的真相。

「當你想起他時，你有沒有想過，其實他也在想你？」
無論有沒有，有件事卻不會錯。你曾經愛過一個人。

「傻瓜，你若不變得更好與自愛，你拿甚麼讓他後悔離開？」
你將有屬於自己的未來。

他已經過着自己的生活，而你掛念他是你的生活。

用上一生時間，創作一個世界。

要別人對你改觀，
不需要說服別人，只需要努力自己。

也許懂得放棄，是種成長，
或者不再堅持，是種成熟。

因為真心換來傷害，才會深愛卻要離開。

你提醒自己要記得的事通常很快忘記，
你很想自己要忘記的事偏偏銘記於心。

別讓浪費時間，成為你的習慣。

就算你十分普通，你還是與眾不同。

不想給別人看不起，就先不要看不起別人。

不是每個「除下」妳 bra 帶扣的人，都能讓妳「穿上」婚紗。

或者，相愛不能一起，會比，一起直至相愛，感覺，保存得更長久。

幸福其實是一種心態，不幸也只是一種想法。

有些時候，明知不能強求，但又不懂放手。

你用時間證明自己是多麼的長情時，
他用時間說明了一句難開口的拒絕。

其實我很膚淺，當我跟你提起他時，
只想聽你說一句：「你比他好多了。」

拖延是他的計劃，拒絕才是他的本意，放手吧。

熱戀時，當他不在時手機會很快沒電，
但他在身邊時手機電量充足。不過，偷情時⋯⋯也是一樣。

在你面前，我是世上最壞的壞蛋，同時，也是最笨的笨蛋。

其實，你根本沒有停止愛他，只是，你決定不再讓他知道。

戀愛如像睡眠，投入便會無言。

當有一天，你能夠遇上一位，
一起時間愈長愛得愈深的人，你就會知道甚麼是真正的愛。

有時，無論你寫幾多字，也未必能打動一個人；
也許，無論你付出幾多，都未必能擁有一個他。

走到最後的單戀，是最痛苦的時刻。

緣份把那個他帶走，卻把這個你帶來。

世上總有一個人，是為了愛你才來到這世上；
同樣地，你也是為了一個你愛的人來到這世上。
與其漫無目的地守候，乾脆一刀兩斷沒然後。

有太多人，不再愛一個人同時……又不想放手。

愈是沉迷，愈是高危；愈易陶醉，愈難離去。

經歷過，痛了很久才能一起；總好過，一起很久變得很痛。

要放棄未是時侯，要行前仍未接受……還是安份守己便已足夠？

上天讓注定不能一起的人相遇，是要讓你們知道凡事不可強求。

通常，要經歷多次永遠，才可，眞正的到達永遠。

有種酸，是沒味道的，但形容得很貼切，其實酸比苦更苦。

有些事你知道得愈多痛愈深；有些事你痛愈深愈知道更多。

當初，你能夠習慣他在你的世界中出現，
最後，你必能習慣他在你的生活中消失。

人類對痛苦的事，記憶總是特別清晰，
當你看到這句子時，又想起來了。

有種暗裏着迷，叫做原來以爲；有種非誠勿擾，叫做沒有必要。

或者，比朋友多一點……比戀人少一點……

戰爭與痛苦的開端，總存在着妒忌，而妒忌的背後只因爲愛。

最初，以爲能承受痛楚；結果，回憶沒把你放過。

跟一個不掛念你的人說你很掛念他，是種悲劇。

寧願把需要變成慾望，也別把慾望變成需要，非常痛苦。

我覺得要對你公平……嗯，很公平。
嘿，兩個人決定一起，一個人決定離開，很公平。

有些人，做事總是三分鐘熱度，卻可以愛一個人一生；
有些人，平時就像患上健忘症，卻可以記着痛苦一世。

雖然有點痛苦，不過默默地想你是我每晚的娛樂。

去愛不夠愛你的，很辛苦；去恨不再恨你的，更痛苦。

別人灑鹽根本傷不了你，除非……傷口還在。

通常，心知肚明的結束，換來，說不出口的痛苦。

誰明白，能夠公開吐苦的痛苦；比不上，只能絕口不提的痛苦。

明明說忘記，但偏偏要記起；通通也不理，卻遲遲未心死。

漸漸不再被你需要，通通即將自有分曉。

認真的想想，可以對你好的人，一生中，的確不會出現太多。

濫情的年代，千萬千萬別要太敏感。

小時候，總是想着要找一個陪我過快樂日子的人；
長大後，才發現應該找一個陪我過艱辛歲月的人。

好人語重心長跟你說又不聽，
通常是，壞人才能教曉你不要去輕易相信別人。

也許你在假裝快樂，其實你是真的受傷。

親愛的過去，別再在我背後叫我，
不是我不想回頭看，而是我要繼續往前走。

你知道嗎？安全感，從來奢侈；缺陷美，從來漂亮。

別怪當初——失戀又再責怪自己就是輸上輸。
別洩氣，總有人懂你的好。

如果再沒有人能讓你痛苦，其實也沒有甚麼值得快樂。

做甚麼也好，最後出現的也會是快樂。
為甚麼現在不快樂？只因這代表了還未到最後。

報復放棄你的人，最好方法是……使自己快樂。

去盡，然後後悔；站着，然後遺憾。二選一。

修養，是鍛鍊自己的好，不是說別人的壞。

爲了等他，錯過了等你的人。值得？

在愛情世界中⋯⋯和人比誰慘，贏了也是輸。

不是我⋯⋯看得太重；而是你⋯⋯還未看懂。

得不到，總好過，守不穩；守不穩，總好過，捨不得。

所有的愛情悲劇都含有幽默成份，
而多數也是多年後才會出現這感覺。

太多倔強誤爲堅強，太少堅持能夠維持。

愛情，不用讀書也能學會，但，努力讀書也不能學懂。

從來，愛情都不會問你懂不懂游水，
就已經把你拉入愛河。
你，遇溺了嗎？

把感覺留在當初，把教訓用於未來。

別自私，你錯過了他，
就代表有人沒錯過了他，更代表有人沒錯過了你。

「保留追究權利」是法律的台詞，
不屬愛情的範疇。有借有還上等人？也不屬愛情的範疇。

「先照顧自己再照顧別人」
——飛機上的安全指示，卻不適用於愛情。

一起，總是緣份；分開，總有原因。

淡忘是一種過程；遺忘是一種成果。

到了某一個年紀，再不想強迫自己，
去做不喜歡的事，去愛不喜歡的人。

你知道嗎？我拒絕所有人的理由，是因為……第一個字。

習慣沒有，只因不習慣擁有。很想擁有，只因不想沒有。

最初，也許是為了別人而學習堅強；
後來，才發現學習堅強是為了自己。

擁有了一個喜歡的人以後，別放輕手，應該要更加在乎他。

也許，對一個人愛錯；就是，被一個人放過。

當沒有比擁有更似擁有時寧願沒有；
當擁有比沒有更似沒有時放棄擁有。

如果，你覺得必須擁有他才可得到快樂，
其實，你需要的是佔有而不是真正的愛。

一輩子也不可能擁有某些人，那就把感覺放在心中一輩子。

也許感性的你，才是眞正的你。

連讓你知道我想念你也不可以。嗯，只能如此。

所有的紀念品、代替品、戰利品，現在已經成爲了廢物，
但至少，也曾經被珍惜過、深愛過。
偷偷看着他的相簿，原來，一早沒有你，
原來，已經有別人，原來，每天都偷看。

有種放下才是擁有，有種擁有需要放下。

記得，路過的，也要說聲再見，除了禮貌，也代表你的堅強。

帶你來的是我，帶你走的是他。

只不過……偶然遇上，卻用盡……一生遺忘。

愈來愈離遠開始，愈來愈接近結束。

沒在意你的出現，卻在乎你的消失。

最初，愛上一個人容易；最後，放棄一個人困難。

大概，你知道，你喜歡的人，正在，擁抱着，他喜歡的人。

一直尋找愛你的身份，遺憾，你已是他的人。

我知你相信星座，不過，無論，你們星座多匹配，你也還是一個人。

手很冷，冬天沒人牽你的手取暖？別怕，玩玩手機吧，它會發熱的。

有種無能為力是……看着你的名字，
在 WhatsApp 對話頁中……慢慢地……慢慢地……向下降。
「Hi!」向上升。然後，又再次……慢慢地……慢慢地……向下降。

忘掉痛楚，銘記教訓。通常多次練習，才會眞正領悟。

請先組織，說謊也要說得眞實一點，
當破綻百出騙不了人時，只會傷上加傷。

能把你改變的人，絕對有能力把你⋯⋯摧毀。

你還記得從哪時開始，電話號碼從來沒有換過，
電話簿內卻換了多少個老婆仔老公仔呢？

沒有人喜歡放棄，但有太多人選擇放棄，
而最糟的是，放棄才懂得甚麼叫⋯⋯後悔。

我們很平凡，但卻是獨一無二，情敵很普遍，但也是獨一無二。

對傷害你的人報復，有三種層次：最基礎的，活得比他好；
中層次的，我已忘記了；最深層的，我已原諒他。

當快要結束的時候，就會用謊言代替了愛情，
然後，他媽的說出一個自我安慰的藉口：
說謊，只是爲了不想傷害他。

用自欺欺人放棄你，用心有不甘祝福你；
用自知之明放棄你，用心甘情願祝福你。誰比較痛……呢？

從前的傷害，比任何一本教你戀愛的書更重要。

我們總是會承諾，不再在任何人面前提起某個人，
通常，不自覺地，又反悔了。

明明別人傷害你，你卻懲罰你自己。

假如戀愛是一種病，我用你來當藥物治療，然後……上癮了。

有種定律，從來不會改變，最愛的人，傷你最深。

不完美卻眞實的愛情故事，有時，比童話故事更難得到。

有時，別人所說的命中注定其實是由自己決定。

無法自拔的最終結果，我們也許都相當清楚，
有時寧願你擦身而過，也不想你說依然愛我。

我們總會審視一些需要正視的東西，
卻不知道自己其實是個大近視。

不能改變的就需要去改善；不能重來的也請不要重複。

有時，安慰的說話對自己說太多，也覺得有點累。

有時，很想你幸福……又怕你幸福。

有一種復仇方法很簡單，就是若無其事，無動於衷。

有時，不守承諾比製造謊言更可怕。有中生無，無中生有。

我們如何努力身價都高不過一幅名畫，
不過，名畫只有被人選擇，而我們可以選擇。
我們可以選擇如何生存與生活，名畫不能。

爛尾不緊要，最重要是斷尾，狗尾續貂，必定觸礁！

給年輕的你，與不再年輕的你。

沒甚麼只是你沒有說出口的字句，
我代你寫出來嘿。

3

MAY

欲言又止，因為有心事，滔滔不絕，只因有故事。

別用自己的說明書，去研究別人怎樣使用；
別拿別人的地圖，去找你自己的路。

堅強就是，
當所有人都想看着你死的時候，你還可以振作。

你就好好做自己，你做其他人也不見得會很好。

拿起，然後放下，是一套動作？
其實，也是一種成長的過程。

做你認為自己值得的事，哪管別人覺得值不值得。

擁有不能忘記的挫折才會變得堅強；
試過無法接受的欺騙才會不再善良。

有誰不是……一邊受傷，一邊學習堅強，
一面痛苦，一面學會自療。

我們的人生，經過不斷失敗，才會走到現在，
你們的成績，就算一次失敗，還有無限將來。

放手，嘗試讓他過去，割愛，也是成長證據。

只讚好不打擾，只想念不聯絡，也是一種喜歡你的方法。

當你在選擇猶豫不決的時候，擲毫。
當結果出現而你又想再擲多一次，答案……不是已經出現了嗎？

走遍整個城市，不為尋覓、不為遇見，
只為……感受你的曾經。

除了手機充電，有兩件事你每天都會做的。
一、你每天都在想他。
二、你每天都在想怎樣才不再想他。

有種關係，得不到，有種關係，剛剛好。

你為一個不會屬於你的人難過，這樣會覺得好過？

打了字，沒發出，刪回去。
你很明白，你不聯絡他，他就不會聯絡你。

有時，有些關係只不過是一個「剛好需要」，
一個「正好存在」，然後，就開始了。

愛你，不代表勉強一起，而是代表不傷你。

男女之間當然有純正友情，因爲他們都只當你是朋友。

我很愛你。第一句是假的。第二句是眞的。
第三句在說謊。第四句說眞話。好吧，你究竟愛不愛我？

沒你不能過，後來知愛錯。

因爲有完，才會有緣。

剛接觸你名字的那天，誰想到會變成了經典？

曾經，你跟朋友炫耀過擁有他，
現在，你說自己恨不得忘記他。人來人往。

能讓你流淚的人沒甚麼了不起，了不起的是那個用心去愛的你。
就算最後甚麼也拿不走，至少，請拿回你
最後僅有的一點尊嚴。

他愈殘忍，你愈奮身。低能。

你現在是不是對一個跟你從來一張合照也沒有的人有好感？

清醒一點吧，其實已讀不回，不就已經回答了你？

當你明明知道真相，仍要慢慢醒來的過程，最殘忍。

有時是你自己先撼頭埋牆，就無謂責怪別人喪盡天良。

別當敷衍你的人，是……神。

「男神與女神的意思是甚麼?」
就是看一眼就知道一世也沒有任何關係的人。

傻瓜,用堅持是不能打動一個不喜歡你的人。請放過你自己。

有時,他要的不只是將就, 而是將來。

我很好勝,但我不是贏不了你,只是願意輸給你。

你有沒有遇上過一個,可以聊天聊到連手機也忘了看的人?

此時,最捨不得的人,是……
沒錯,是你。此刻,看到這轉貼的你。

你問起,女朋友最大的優點?很簡單,就是很會選男朋友。

麵包我自己買,你給我愛情好了。
教訓我自己學,妳給我溫柔好了。

因為在乎，就算辛苦，義無反顧。

當愈來愈多聯絡 App 出現，卻反而聯絡不上的人，
你就知道他根本不想你找。

有種人，願意代替妳心痛。
「別要哭，妳再哭我也要哭了。」
這種人，叫⋯⋯「姊妹」。

最初，看不順眼，最後，成了兄弟。

寂寞的都市人。
習慣用真名說謊言，習慣用假名說真話。
城市人，從來不缺觀眾，只不過，真正心事誰懂？

好的東西當然多人搶，但首先得到的不一定留到最後。

有時，戀愛就是放棄自由。

甚麼也不太在乎的人，高手。

你有很多選擇，當然享受單身，但有很多人絕對不是在享受。

他樣子很醜？至少，他活得比你漂亮。

別要妄想擁有，應要學習接受。

慢慢習慣寒冷，慢慢適應心淡。

如果你說只愛那個不愛你的人，
很好，繼續吧，就看你可以堅持多久。
想想你上一次說這句話時，是不是還是同一個人？
如果你答是，請繼續。
如果你答否，你明白我想說甚麼。

回憶裏的人就別試圖去聯絡，因為那個人不一定同樣想你。

你要知道，其實感動不一定能讓一個人愛上你，
而且感動的時間不會太長，除非，他早對你有好感。
但你卻用很多時間去想如何讓他感動。

要放棄很多次才可以真正的放棄，很正常，
只因……你真的愛他。

最怕愛上高攀不起的人那微不足道的感覺。

他已經走遠了，回來吧。

某些人曾在生命中經過，只不過是給我們上一課。

離開後仍要繼續徘徊？還是勇敢地選擇失陪？

為甚麼當我忘了怎麼在乎你的時候，你卻學會了如何在乎我？

要笑多久才讓別人知道沒有了他其實也過得很好？

沒辦法，回憶總是比過程長……很多很多。

慢慢來，你不擅長立即忘記，就要學習慢慢淡忘。

我已經放下你，卻不能提起你。

欲言又止，因為有心事，滔滔不絕，只因有故事。

你在想甚麼？「還在想念我？已經忘記我？」
痴線，就這樣，又過了一晚。

用了很長時間，想一個找你的原因，
想着想着又過了很久，終於想到了。
「我們……很久沒聯絡了。」

你過得很好，他也過得不差，不過，就是會想起從前。

長大了，你要學習兩個人的回憶，一個人去回味。

無論某些人怎樣破壞，
也絕不能破壞他在我們心中的形象、留下的回憶、寫過的歷史。

你只是一時意亂情迷，就無謂總是舊事重提。

假如你們已經互不相關，癡情只會變成一種負擔。

問題是，總有天，
你會發現失去他其實也沒甚麼大問題。

回憶是用來鼓勵自己，而不是懲罰自己。

所有的童話故事都是在最幸福時便結束，
其實，能夠跟一個人愛到老，才是眞正的童話。

最隱隱作痛的是，我對你若有所思；你對我若無其事。

有一種陌生，明明最接近，卻又最疏離。

能強迫你愛一個你不愛的人嗎？
所以請別妄想不愛你的人愛你。

做給別人看的幸福，不是真正的幸福；
不鋪張揚厲的幸福，才更真正的幸福。

幸福的是，我愛的人是高質素，
卻沒要求，結果，就跟我一起了。笑。

他，已成歷史，請，重新開始；
你，若有心事，我，在旁支持。
我們的友情，在任何關係之上。

明知答案很殘忍，寧願埋藏不去問。

假如，有天你可以回到過去，
遇上還是小孩子的他／她，你會說甚麼？
我會說：「未來，妳將會愛上一個窮鬼，不過妳會過得很幸福！」

如果要消失，就請別再出現；如果要出現，就請別再消失。

愛一個人卻不能擁有他是很痛苦，
但，如果你能做到，這才是真真正正的愛。

不夠愛他的人……怎麼卻在一起？
真正愛他的人……獨自守着傷悲。

在我的心中，一直知道，我在你的心中。

表白最可怕的結局是……
最後少了一個朋友，卻得不到一個伴侶。

最初，讚歎緣份；最後，泥足深陷。

當你要問：怎會如此？其實已經，一切到此。

放下堅持很容易，堅持放下很困難。

我知道，恨你不夠愛我的痛，比不上，恨我太過愛你的痛。

曾聽說，一次原諒，會換來，兩次背叛。

有種放棄，叫無能為力；有種無力，叫應該放棄。

要寫下多少句我愛你，才能換來一句我願意？

或者，承諾的最大用途，就是令你明白失望的滋味。

示意一齊，還不如暗裏着迷；埋藏心底，總好過高攀越軌。

愛他的人，未必會等他；等他的人，反而會愛他。

當你有寧願他玩得聰明的想法時，
其實你已經要想想寧願早點結束痛苦。

不會愛你的人，別亂碰；不能愛你的人，更別碰。

當你懷疑他不夠愛你時，其實你才是不夠愛他。

我問：「你還掛念那個他？」
你說：「不！早忘了！」我說：「我還沒說是誰……」
其實……他依然在你心裏。

想念你，是我的權利，喜歡他，是你的品味。

他只是，一時興起；你何必，死心塌地？

別把你們兩人吵架的事放上 Facebook，
別人只愛看熱鬧，而痛苦的是你自己。

我很重視我們的回憶。嗯，不錯，謝謝重視。
嘿，謝謝你只當是回憶。

你都把過客變成最愛，當然會痛苦吧；
不過把最愛變成過客，也許更加痛苦。

我們都愛在罪惡感中找樂趣，同時犯賤在滿足感中找痛苦。

笑着說再見，是很痛苦的，而且需要勇氣，還有……技巧。

哭光眼淚，很痛苦；忍着眼淚，更痛苦。

Emoji 公仔的用途是，加強句子？快捷方便？還是……純粹敷衍？

雖然，很想擁有，可惜，還是放手；
他說，別要回頭，你說，只能接受。

你不配哭泣，犯賤的人……都不配。

聽過最偉大的說話是，先離開的人說不會忘記你。

新歡擊敗舊愛的叫重新開始；
舊愛打敗新歡的叫延續歷史，人來人往只不過是這般如此。

如果你是一個「對人歡笑背人愁」的專家，
請好好使用你的能力，總有一天，你會遇上懂你的人。

要學會重新做人之前，請先做回你自己。

你有想過嗎？其實你的出現，
只不過是讓他在未來找到真命天子之前的一個過程，
甚至是……一個部署。

我們都會突然患上忽然憂鬱症與隨時自閉症。

離去後人去樓空，才發現海闊天空；
不再被情所困，不再為情失控。——總有一天，你會懂。

要經過感受，才會變成經歷；要試過痛苦，才會了解快樂。

人總會做一些平時很少做的傻事才會開心……才會得到安慰。

太多，沒下文，只因，太上進。

努力工作的人，值得尊重，
努力工作卻不問回報的人，值得尊敬。

別人說多少次也沒用，你痛一次，就學會了。

忘記的第一步：
別去看他的 FB、他的 IG、他的相片、他的上線時間。
好吧，算了，剛說完你又去看了。

但願，牽着你的手時是情侶，然後，放開你的手後是朋友。

你不是敵軍的俘虜，寧死不屈的決心別用在愛情上。

愛情包括，上天的安排、自己的選擇，還有想不到的意外；
失戀包括，上天的選擇、自己的意外，還有想不到的安排。

你只是難受，而不是受難。

有些人，忽然在你的生活中出現；
有些人，突然在你的世界中消失。

愛情中的隨緣，不是甚麼也不做，而是做了還要看天意。

幸災樂禍，不可饒恕；落井下石，禽獸不如。

你學懂的已經不少，但不懂的還有很多，尤其是……愛情。
信鬼存在的不會是屠夫，怕痛放棄的怎會是愛情。
有種愛情，當距離愈來愈遠時，反而看得更清。

**我們根本就是在「某人捨棄、某人選取」之中遊戲，
還在比較、嫉妒、咒罵甚麼？**

愛情沒有誰對誰錯，沒有誰勝誰負，
沒有聰明不聰明，只有……兩個……傻瓜。

**愛情怎麼讓每個人都心碎？
只因，愛情把你帶來，然後你把愛情帶走。**

只要選擇了不後悔，就是正確的選擇。

甚麼是寂寞的開始？就是上一次訊息發出那刻之後。

我可以不用想就說出你一萬個缺點，
不過你唯一的優點就是讓我愛上你。

謹記，痛是別人給的，不過，傷是自己好的。

有時，明知大家到最後不會是「誰的誰」，
也慶幸能擁有「我的你」跟「你的我」這份友誼。
其實不能完全擁有喜歡的人，是快樂？還是痛苦？
是慶幸？還是不幸？可能，只有未來的你才知道。

別說你配不上誰，配不配是你自己的決定，
他拒絕你，不就代表了他不值得擁有你嗎？

假如放手可以讓對方擁有更多，選擇已經放在你面前。
放手？錯了，你應該增值自己讓他擁有比更多的更多。

你最想買到又未買到的手信，通常最沒必要買；
你最想得到又未得到的人，最好別要強求擁有。

有時說出不能，不愛他，都是只因不能，擁有他。

通常是，經歷短，懷念長；離開快，恢復慢。

有時，並沒有，好過，曾擁有。

擁有，請珍惜；放棄，別回頭。

奢侈，只因不能擁有，厭棄，只因擁有太多。

擁有的定義，不是佔有；佔有的結果，不再擁有。

你們看着的方向、看見的世界，
也許不同，但依然會深愛着對方。對嗎？

我是左眼，你是右眼。甚麼意思？
因爲，你從沒直接看過我爲你而流淚……

你有想過嗎？你喜歡他的原因，只因他不喜歡你。

大概，你掛念的人；不是，掛念你的人。

我們都假裝……看得開；我們卻其實……忘不掉。

曾經，你承諾過要保護我；現在，爲何反悔來傷害我？

現在，來一個心理測驗：心想一個喜歡的人名字。
想好了嗎？很好。現在我想說……對不起，那人不是屬於你。

終於，你成爲了他的解脫；同時，他成爲了你的寄託。

聽過太多不能沒有你；遇過更多最後剩下我。

時間總會跟我們開玩笑，遇上錯的人，或是錯失對的人。

最痛是自己親手摧毀最珍惜的東西，而終於知道後悔。

你知道眞相，他選擇說謊，最可怕，你竟然選擇相信。

仍然感激你，給我的故事。

最怕遇上愛說「我不懂愛你」的人，
不懂就要學吧，跟我說幹麼？

我們的愛情故事，大致上，
結束是嫁給了傷害，不然幸福拋棄了孤獨。

愛，製造的問題，通常，要用痛去理解。

通常，認爲好心無好報的人都會遇上一些好心無好報的事；
經常，遇上好心無好報的事都會認爲全是好心無好報的人。

其實，你要痛苦多少次才知道現在的傷害是不必要的呢？

有意的傷害還好，你知道下一步要如何處理；
無意的傷害更糟，你不知道應該要如何面對。

生活中，沒有某人出現傷害了你，就沒有現在的自己。

別被突如其來的關心打動，
世界上有一種機會叫……錯覺（Illusion）。

既然他是有心地傷害，爲何你要用心去忍耐？

假如把我們一生對別人說的承諾加起來，
你就會發現爲甚麼幸福與成功還未接近你。

假如你喜歡一個人，一次原諒很容易；
假如你原諒一個人，再次信任很困難。

你找不到微笑的理由？
只因，你接受了悲傷的要求。

有時，愛情就好像香口膠，沒味道時就吐出來。
很壞？對，不過，總好過吞下去。

有時，花言巧語就是，
用愚蠢的說話證明自己聰明，請謹慎使用。

最先說對不起的人，不一定錯，
有時，只是他懂你。

要你捨棄全世界才換到的愛，其實，一點也不值得。

有時，改變了錯的自己，也不代表會遇上對的人。
愛情，就是這樣。

有時，全情投入才會換來遍體鱗傷。

每經過一次失戀，你就像迅速長大一次，
同時，從前沒留意的情歌，變得完全明白當中涵意，
直至，你找到真正愛你的人時，可能，你已經一百五十歲。

世界上沒東西比不負責地放棄更容易，
相反的，世界上沒東西比不捨得地放棄更困難。

因為愛他，請尊重他，
由他選擇自己喜歡的生活方式。
很笨？太大方？對，但這正正是愛。

當有一天，
不想比較卻不知不覺地拿他身邊的異性比較時，
你會發現已經存在愛。

甚麼是一生一世？
明明已經放低，某時某刻又無端端走出來，
要你不去想又控制不了，這種懲罰一生一世。

#4

JULY

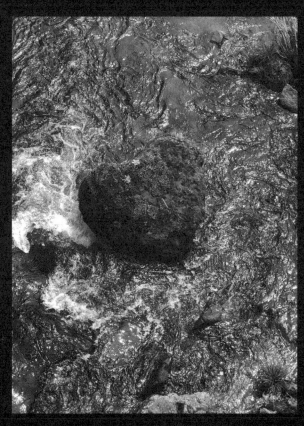

明明一開始就心跳，偏偏在假裝不想要。

就算，你流的淚與我無關，亦會跟你一起分擔。

別要只看着前路非常遙遠，然後忘記了身後一直堅持。

別要嫌棄一直對你好的人，然後喜歡一直嫌棄你的人。

一百個人有一百種安慰，但想通的人，就只靠你自己。

眞有趣，明明知道只是過客，偏偏在腦海中定格。

變得客氣，是因爲再次遇見，身份不再像以前。

別人覺得你朋友很多，其實你經常自己一個。

看見你努力合群的模樣，總是覺得你特別的寂寞。

其他時間你都贏，聽到他的名字呆住那一秒，
這一秒，你輸了。

明明一開始就心跳，偏偏在假裝不想要。

有些人，喜歡兩個字，大過所有道理。

「分手以後，你有沒有抱着他時，想起我？」
真想……知道。

你對別人好的方法，真的是別人喜歡的？

你是不是明知沒可能卻不捨得放棄？

「請你別在我面前，說我好友的壞話！」
因為我會跟着一起說。

明明你已經不再找他，偏偏你又想他會找你。

你可以思念成癮，但別要因愛成恨。

沒有藉口，不用理由，在意你的人才會主動找你。

直至，看到你愛上別人的表情，才發現從來沒被你喜歡過。

因為你已墮得「很深」，才要變得更加「狠心」。

如果你喜歡了一個人，
第一個知道的人不會是他，是你最好的朋友。

十分中，你可以愛他九分，留一分尊嚴給自己。

就算，說過關係不只這樣，卻只能這樣。

就因為你曾經受過傷，所以你知道很多真相。

每次，跟朋友提起，
當初沒有痛到放棄，會否繼續傷害自己？
假如我們還在一起，其實還是白費心機？
又想起，這一個你。

何必不惜一切？只會增加傷勢。

離開後，我過得很好，只是，有時會沒原因地想起妳。

謝謝你的名字，成為我的故事。

朋友是種感覺，
有些人相識十年沒幾句，有些人一見如故成知己。

笑着提起過去的他、提起從前的自己，總有一天你會做到。

你是能夠說出口的掛念？還是不能說出口的思念？

讓他去愛他喜歡的人吧，至少三個人有兩個快樂。

你可以掛念着那個人，但你不需要傷害自己。

「其實他已經很久，沒觸碰你的傷口。」
你還要自己傷害自己到甚麼時候？

被放棄卻仍然愛着，都只因你依然執著。

你是否一直把他收藏起來偷偷地喜歡？

在這世界你只是普通的一個人，
在他的生命中你卻是整個世界。

一起的時間很短，忘記的時間很長，
亦願你幸福的時間比我忘記的時間更長。

別再埋怨會是誰的不對，只不過是錯了出場次序。

最怕，說了好久不見，最後，還是視而不見。

爲甚麼要忘記一個人，是被放棄那位的責任？

有些人會選擇轉身離去，瞞着所有人繼續愛着誰。

傻瓜別誤會，有些人是喜歡被喜歡，而不是喜歡你。

老實說，有很多好感，都是錯覺，別想太多。

愛情難守，知己難求。

「疲累的時候，就失眠了，
精神的時候，就想念了。」
你眞忙。

相愛是兩個人的事，朋友給你的只是意見，而不是答案。

比朋友多一種關心，比情侶少一份體溫，
不需要身份，不強求名份，有些關係，做朋友好過做情人。

「如果當初沒行前那一步，就不會出現這樣的距離。」
有些事情，沒法控制。

外表？當然重要。
不過，兩個人一起，能夠真實地做自己，就已經很足夠了。

「其實他已經沒有再傷害你，你只是一直自己傷害自己。」
別要再胡思亂想。

有時，蠻討厭別人說自己好運。
我在奮鬥的時候，你在做甚麼？

無論有多委屈，兩個字：撐住！

別人對你說甚麼，不能決定你是甚麼人；
你對別人說甚麼，才能決定你是甚麼人。

別看得太重，有時，付出了，收不回，正常事。

你一直在懷疑，甚至質疑自己跟別人不同？
不過問題是……你為甚麼要跟別人一樣？

別要辜負你用眼淚換來的成長。你會幸福的。

甚麼是贏到盡？
那些曾看不起你疏離你的人，總有天會拿曾認識你來叨光。

或者，成長的定義，
不是跟誰由「開始」走到「永遠」，
而是，跟誰由「開始」走到……「結束」。

你要知道，你的好，總有人會看到。

已經，沒必要證明你有多愛他，藏在心中的牽掛。

你瞞不過我的，我看得出你正騙過全世界在愛着誰。

你是有個人？還是有個人？

你一定要過得很好，別浪費了我的「不打擾」。

你瞞過了所有人，卻騙不了你自己，你是喜歡他的。

你看到 Emoji 的表情，但他看不到你的表情。

你可以忍耐着不找他，但當他找你時你沒法不回覆。

或是你朋友多，你並不孤單？
還是你朋友多，我並不起眼？

誰說必須要讓你知道，有人一直……守護着你。

晚安有兩種。一種是代表，我很有禮貌。
一種是，去睡吧，我很想你。晚安。

看透了，不就是命運讓你們相遇，
卻注定沒法讓你們一起。都習慣了。

就算，他只是想起你一秒鐘，
至少，這一秒鐘都是屬於你。

謝謝你來到我的世界。　幸福。
謝謝你來過我的世界。　痛苦。
謝謝你來回我的世界。　折磨。
　　你們是屬於哪種？

珍惜，曾經的回憶，就算，你已經離席。

無論關係最後變得如何生疏，真的，曾經有愛過。
有沒有一個人，曾經令你痛不欲生，
後來慶幸有緣無分。

那笑著面具下的表情，是沒法被讀取的心聲。

看到這句說話你立即可以不愛他……就好。

想死心？很簡單，
發個訊息給他說我很掛念你，然後等他長期已讀不回。笨。

我發現很多人，最有想像力的時候，就是已讀不回之後。

其實你分得清，你是盲目地取悅？還是愛？

如果你繼續選擇慢性中毒，總有一天你將會萬劫不復。
你為他的傷害去找藉口留下，為甚麼不為自己找理由離開？

有些人會讓你背叛全世界，直至，他背叛你。醒未？

一隻混蛋放棄一個笨蛋只是為了一粒壞蛋。你是哪隻？

有些人，是你對他好而愛你，
有些人，是懂你的好而愛你。

只想做一個壞人，一個只對你好的……壞人。

「糖鈸矗愛你劀蹯爨曧霽愠。」
我只懂愛你。

浪漫就是，你有存在感，我會被需要。

有人跟我說一直偷偷喜歡你，那個人就在第四個字。

能力範圍內，能給你的，都給你。

我不相信永遠，但我相信……妳。

其實成熟只是為了外面世界，
在你身邊變得幼稚請別見怪。

你朋友很多？嗯，有種友情，不是見面，不是約會，
就只是按一個……讚。

無論說話多無稽，還是有人會信服；
無論說話多謹慎，還是有人會扭曲。

你手機上所謂的聯絡人有幾多從來沒聯絡過？
你臉書上所有的朋友有幾多是你真正的朋友？

你可以拒絕做我的朋友，
問題是，做我的敵人……你能撐多久？
生死之交，不是說說就可以做到，
要一起經歷過，才是真正的生死之交。

你罵他沒人性，難道你覺得自己很公平？
你笑他很煽情，難道你覺得自己很高明？

請用疲累來治療失眠。

我很佩服你，堅持了這麼久……單身堅持了這麼久。

還是小朋友嗎？先爬起來才再哭吧，笨蛋。

無論你是他的甚麼身份，也請一起尊重他的傷感。

你覺得自己的付出比他想像的多，那只是你自己的想法。

通常靜悄悄地離開的人，當初都大大聲說不會走。

小時候總覺得牽了手就要結婚，

長大後才發現上了床快要結束。

最初，以為是緣份，最後，才知是淪陷。

有甚麼是最不可思議的？

被水淹死的魚，有畏高症的鳥，不會放手的你。

「Hi！你最近好嗎？」

有些人已經不能夠聯絡，有些人已經不應該聯絡，

有些人已經聯絡不上了。

抱得太緊會痛，放得太鬆會走。

失戀其實有甚麼好怕呢？只不過是別人看錯了你。

一句我們還是朋友。他可以，你不。

有種關係是，不能一起終老，亦會伴你成長。

何時開始，點讚成為了你聯絡他的唯一方法？

你是，相愛卻不能一起？
還是，一起卻不再相愛？

我痛到放手？不是你的錯。
問為何要走？原諒我是我。

總會有些，不期而遇，
很久依然，不能痊癒。

有種壞習慣，要改。
因為想起某人，突然情緒低落。

能夠輕鬆自如地提起，才叫忘記。

沒甚麼，只不過是失去你同時想着你。

當分開後再次見面，
其實你不必要在朋友之間拼命地證明你過得很好。

嗯，別擔心，我會替你好好照顧我自己。

說句話好嗎？哪怕，只不過一句謊話。
縱使，我不是你愛的他。

有時候，刻意迴避，都只因，太過在乎。

你不會知道，
我一直偷偷記住很多你以為我忘記的事。

決定放棄的人與事，就要做到徹徹底底，
不然，就堅持到底。

有些人，總能做到愛恨分明，
離開以後各安天命。你呢？

崩潰過後，就是重新做人，不再苦困，從前那個身份。

微笑，用最優美的方式對抗委屈，對付痛苦。

你可以的，別把痛苦放大，掩蓋其他的快樂。

當我正在想你的時候，你會否剛好正在想我？

喜歡一個不會愛你的人，不是你錯，只是你笨。

當我能做到不為兩餐生活而擔憂，
我會帶你旅行……走遍全世界。

值得驕傲的，不是你有多少個男女朋友，
而是你有一個真心愛你的男女朋友。

你擅自愛上他，他不問自取了你的心，最神奇的，互相也不知道。
讓對方看到你最好一面的方法是，不開始故事。

當捨棄快樂去愛一個人，得到愛的就只有一個人。

我喜歡在我目光移開時，你偷偷地看着我。
——捉迷藏遊戲輸了，但這才是每個成功過程的開始。

測試：兩秒可以說多少次我愛你？
「我愛你我愛你我愛你……」
求證：兩秒的說話，要用一世求證才夠真實。

只有自己知的自作多情不痛苦，
痛苦在被揭穿了的，自作多情。

她，愛一個成功的人；
他，愛一個會使他奮發成功的人。雙贏。

有三個字經常把你拉入萬劫不復之中，
這三個字叫「有好感」。

靜靜看着他的成長、他的經歷、他的故事、他的戀情，
已經……心滿意足。

其實，你覺得他很好，只是你沒看到他的全部，
或者，繼續保持距離是正確的選擇。

沒有開始……沒有故事……沒有歷史……
From 曾經暗戀的日子

不能擁有，同時接近擁有；保持距離，同時保持聯絡。
這種關係，通常比男女朋友更長久。

請學習浪費時間，浪費在你自己身上，別浪費在不愛你的人之上。

選擇如何去愛。
有種方法，暗地裏留意着你，卻不會是你身邊的那一個。

足以讓人忘記理性的魅力，
就是戀愛；足以讓人永記痛苦的回憶，也是戀愛。

就算，若有所思；亦要，若無其事。

保持距離？還是……嘗試接近？
世界上最刺激的遊戲——愛情猜度遊戲。

有些眞相，寧願一世也覺得是謊言；
有些謊言，寧願一世也不知是眞相。

只要全世界的人拍拖次數多於一次，
我愛你最後變成我願意的機率，就會少過變成對不起。

愛，不一定需要佔有，佔有不完全代表，愛。

如果沒有耳朵，那麼一棵樹在森林中倒下來還有聲音嗎？
如果愛不存在，那麼某個人在你的世界消失還會痛苦嗎？

緣份由一次又一次的擦身而過所產生；
痛苦因一次又一次的遍體鱗傷而構成。

別讓痛苦支配你，痛苦本身是不會痛的，痛的人是你。

你可以不停 Loop 一首悲傷的歌，
卻不要把痛苦的事不停 Repeat。

你喜歡的人原來正好也喜歡你，這叫甚麼？幸福？
不。浪漫？不。是甚麼？這叫……幻覺。

假如繼續沒有底線的寬恕；只會出現不設前提的痛苦。

痛苦，總會來，卻，總會走。

沒有任何原因，突然想起不愛你的人，是種虐心的痛苦。

或者，知道在上演悲劇的，不算是悲劇人物；
也許，不知道身在悲劇的，才算是悲劇人物。

有甚麼幸福過，你想的人正在想你；
有甚麼痛苦過，想你的人不能一起。

還沒睡的人，不少；還在痛的人，更多。

你在想，睡了？在忙？沒看到？
其實，只不過是，他不想找你。

只有痛苦才知受傷；只有缺憾才更漂亮。

為了快樂才戀愛嗎？可惜，有更多的是因戀愛而痛苦。

誰不想，浪漫開始，然後幸福完場，
又或者，浪漫開始，然後快樂離場，
但更多，浪漫開始，最後痛苦收場。

永遠就是，
當你未遇到真正能永遠的人之前，常掛在口邊的廢話。

如要做快樂的人，先要做堅強的人。

沉魚落雁又如何？都會遇上糟蹋妳的人；
鶴立雞群又怎樣？也會遇到比你好的人。

別傻，用淪落來換他不安，等於，用痛苦來讓他快樂。

有種暫時性的快樂，叫自我安慰；
有種永久性的痛苦，叫自我封閉。

希望再見的都不如不見；不能轉變的都希望改變。

緣份的定義：在一個巧合出現時，
卻有數百萬個可能發生卻未實現的巧合。

在街上，每個在你身邊經過的路人也會望一眼嗎？
所以擦身而過的機會率大於偶遇。

有些地方，不同天氣，晴天雨地；
有些人物，遠在千里，心在一起。

我寧願，兩個人心驚膽戰地談自己的惡夢，
也不想，一個人自言自語地說自己很快樂。

有種變化，叫……一念之差。

不冀求他會回來，只希望你可放開。

在愛情中，我們寧願錯怪好人也不要信錯壞人。

藉口的威力，可以令你賴床遲到，
可以令你不回短訊，可以令你錯過愛情，
可以令你後悔終生。別爲了藉口，讓緣份流走。

初戀比任何一次的戀愛來得更加深刻，
只因那時最不懂愛情的現實。

希望被理解，同時，害怕被看穿，就是我們對愛情的矛盾了。

那天，生病看醫生。

醫生：「疲勞過度。」我說：「疲勞不是病。」

醫生：「賭博也不是罪，沉迷就有問題。」

然後我苦笑了，同時，想起了……愛情。

人生，幾時開始也不算遲；愛情，幾時完結也不太早。

明碼實價買回來的愛情，通常名不副實；

明爭暗鬥贏回來的愛情，通常名存實亡。

太易得到不會長久，能夠長久不易得到。

限期到了，就要選擇放下；放下不了，就先設定限期。

每一段愛情，也會影響下一段愛情，

直至，再沒有……下一段愛情。

要有，勇敢的勇氣；才能，捨得去捨棄。

請別要打垮自己的魅力；更別要打擾別人的幸福。

真正的男人，從來不會放棄跟自己一起從低潮走上來的那個人。

很多人答錯的數學題：一個 99 分的人，給你 33 分的好；
一個 55 分的人，給你 55 分的好。
問：誰，比較好？你會選擇……

如果我不再這麼愛你，你怎辦？我會……重新去再追你一次。

相信別人直至懷疑自己，重視別人直至忽略自己，
我們……總有一點。

我愛你所以我需要你，我需要你卻不能擁有你，
不能擁有你反而更愛你。——戀愛食物鏈

也許，他最吸引的時候，就在，他不愛你的時候。

人都總愛……重複犯錯？原因也許……只有一個，
上次經歷……未夠痛楚。

有種愛從來並不長久，但不代表不值得擁有。

你擁有的，不代表他必需要的；
他需要的，都是你還未擁有的。

雖然，他可以選擇的，當中包括你；
可是，你能夠擁有的，也許不是他。

有種一生一世，不能擁有，卻比擁有更一生一世。

也許牛郎織女只是民間傳說，或者欺騙背叛才是真實故事。

有種愛無畏擁有，有種恨無謂追求。

時間可沖淡一切？
也許，人生中總會出現一兩個，用時間也沖不淡的人。

愛上一個人，也許，需要是一種，
直覺；不愛一個人，也許，需要是一個，藉口。

你只會知道你真心愛過甚麼人，
你未必知道甚麼人真心愛過你。

或者，真正體會甚麼是放下，
才會，真正了解甚麼是開始。

痛楚源自放不下的痛恨，傷勢來自未磨滅的傷痕。

總有一天，你會遇上一個，並不接近，卻讓你痛的人。

當你覺得自己一事無成，配不上他時，
別難過，至少……你的判斷是對的。

他，只當是一件玩具，收藏，
你，就笨到一世念念，不忘。

你痛，是因為，他從來不曾為你痛。

別去想太多影響你情緒的東西，
好吧，算了……你已經想起他了。

曾經，我們是代表我們；現在，我們是代表你們。

沒有離不開的人，只有忘不了的心。

一生中做不了幾次主角，失戀的偉大，
讓你成爲故事的主角。

對着你喜歡而不喜歡你的人，
他那敷衍的說話，你卻認眞地難過。

受過無數次傷害的你，終於學習了如何去愛別人？
不對，更重要的，是學習怎樣去愛惜自己。

某人用痛苦教會你成長，別要同樣用在別人身上。

爲了他，你絕不錯過每一個訊息與來電，
但最後他錯過了你。

對不起是眞的，我愛你也是眞的，得不到你也是眞的。

當你把自己的存在價值都建立在情人身上時，
別妄想他會跟你一樣做。

我很在乎你對我的感覺，我更在乎我能給你甚麼感覺。

當，想你也需要勇氣時，我才發現已經墮得很深……很深。

有無痛穿耳，有無痛紋身，卻沒有無痛失戀，
只因，傷的地方……在心。

原來幸福是眞正存在的，找不到，只因你要求太高。

有些傷害，已經存在；有些將來，無謂等待。

能醫不自醫的，多數反而是高手。
以爲能自醫的，反而滿佈是傷口。

有時，地久天長，只是誤會一場。
原來，天長地久，還是需要放手。

有時，要兩個人一起犯賤，才會出現愛情。

總是找到錯的人，卻找不到對的人？
是時間出錯吧……等等！你有想過錯的人其實是你自己？

有時，退出的原因，不是我怕失敗，而是我懂後果。

別人能替你難過，卻不能承受你的難受，
所以，我們要懂得愛自己。

看清楚一個人，然後愛上一個人嗎？
還是，愛上一個人之後，才看清楚一個人？後者居多。

真正愛你的人不會把我愛你常掛在嘴邊，
除非是熱戀期，還有……騙子。

上天很頑皮，
總是讓要質不要量的人遇上要量不要質的。

忘了時間的鐘，不是它失憶了，而是它放縱了自己；
忘了自愛的你，不是你遺忘了，而是你放棄了自己。

生氣時做的決定都是錯？
但生氣時說出的都是眞相。

放下是不用學的，
當你眞眞正正放下了，
你便會自自然然明白。

starts. Spring lamb born in late winter o

5

SEP
TEM
BER

放下尊嚴，是為了一個人，奪回尊嚴，是放下一個人。

就算現在你一無所有，
不過你依然相信會成功，這就叫夢想。

會走到最前的很多，能留到最後的很少。

出手，不是你贏，而是輸得更難看；
離開，不是你輸，而是變得更強悍。

別人總是輕而易舉得到你一直努力想要的東西？
不過，又如何？你的經歷，他沒有。

太多你看到的平步青雲，其實也經歷過舉步維艱。

有些人，會恥笑你的眼淚，
別介意，那只是他沒經歷過的痛苦。

希望你下次的擁有，不會辜負這次失去的痛楚。

愛情，一半是尋覓，一半是成長；
人生，一半是試煉，一半是夢想。

誰不是從甚麼也沒有開始？
路上，你並不孤單。

放下尊嚴，是爲了一個人，奪回尊嚴，是放下一個人。

有時，只是想要一個會懂得先說 I miss you 的人。

你知道他聽了首舊歌，你知道他看了套新戲，
你知道他貼了張舊照，你知道他看了段新聞，
但他不知你仍在看他。噓……靜悄悄的。

有個人永遠不會知，有個人還在想念你。

無事不登三寶殿，只因想念。
知其不可而爲之，只因犯賤。

或者，隱藏很久的秘密，
總有一天，由你自己親口說出來。

你是需要他還是任何一個人？

當你發現自己開始喜歡上某君，
你發每個訊息都變得非常小心。

真心讚好？還是其實你只想讓他知道：
「我還在留意你。」

你是習慣沒有，還是不想擁有？真心？

大致上，你想的有機會，實際是想太多。

有種單身，只因沒可能。
有種單身，為等一個人。

雖然他不喜歡你，不過你總會藏着一、兩張他的照片。

沒有忘記熱戀當初，
也沒忘記相愛經過，
已經，不錯。

每次無意聽到，某人的名字，
又會想起那個，曾經的故事。

你要知，不是每個故事都有然後，
你要知，不是每段感覺都要死守。

他說愛你，卻沒說只愛你。

痛苦三步曲：你知道真相，
他繼續說謊，你選擇相信。

他放棄你，你不斷替他找藉口，聰明。

能讓他感動的才叫犧牲，
現在你只不過是在娛賓。

你對他死心塌地，他賜你一場歡喜。
醒了嗎？

你想別人擔心失去你，
首先，你要有屬於自己的存在價值。

當你知道煩惱自尋，就要明白唯有自救。

你最深愛的人，正睡在＿＿＿＿＿＿＿。
自己填上吧。醒？

當有一天出現一個像我這樣愛妳的人，別放棄他。
我有資格這樣說，是因為我真的愛你。

或者，你從沒動地驚天愛戀過，
留意，你身後其實至少還有我。

老實說，世界上沒幾個人有資格讓我覺得卑微。
因為，我愛你。

你知道嗎？你在我心中的地位，
連我自己也會妒忌。

寵你錫你疼你是我的計劃，假如有天你離開，你會發現，
沒一個比我更好。

原來，我一個人，緣來，我兩個人。

本來，想要把世界上最好最好的，都給你，
後來，才發現世界上最好最好的，就是你。

長着角的動物，都不是食肉動物，
不是要攻擊誰，而是要保護自己。

有時，拒絕別人會讓自己內疚、
覺得自己很壞，好像做錯事似的。

男人就是，吞下血水、止住眼淚，
然後，若無其事地說一句……沒所謂。

不是常見面，但每次見面就會重複又重複說從前的傻事，
然後大笑一餐，這叫……眞·朋友。

生氣就等於自己不斷食過期食物卻希望別人食物中毒。

世界眞有趣，明明認眞才是對的，現在認眞變成輸的代名詞。

怕黑就開燈，怕痛就單身。

你說別人寂寞？
其實有些人對節日是否一個人過，一點都不在乎。

想甚麼？得閒笑吓自己，其實可以很快樂，嘿。

如若，是對，沒必要憤怒；
如若，是錯，沒資格憤怒。

你能享受，慢慢開始變成陌生的過程嗎？
慢慢地享受、慢慢地享受那虐心的感覺。

當然，被已讀不回很痛苦，
不過被指責已讀不回也不好受。

事實是，徹徹底底的絕望一次，
才會懂，眞眞正正的重新開始。

你奮不顧身，是誤信緣份？還是心有不甘？

只不過是你記得太深，
別埋怨別人忘得太快。

遇上讓你心動的人，很多，
能夠讓他心定的人，很少。

別人淡忘都是理所當然，
你卻喜歡還在懷念從前。

有種心淡，會變成習慣，
然後感覺……一去不返。

有時，做不回朋友，不是絕情，
只是爲了不想再傷害自己。

已經刻意去逃避，最怕突然又想起。
不會忘掉的人，未必是還有愛，
卻肯定是曾深愛。

有時，安慰別人的說話，用在自己身上起不了作用。

有時是要累積足夠的失望，
才會明白眞正的回頭是岸。

改掉懷習慣吧。你最愛偸看那些已經沒有你的相片。

有種堅持是，很想你，但不去找你。

沒甚麼，有時想知道，你跟朋友說起當初、說起經過，
是如何提起我？

朋友聚會，只要不提起某個人，你還是會笑面迎人。

其實，有些人知道被拋棄，只是自己沒本事，
從來都沒怪責過那個人，只是怪自己。

人來人往的關係中，總有天會知道，最愛你的人，會是誰。
時間、歲月，麻煩你，好好善待我所愛的人。

你不是沒有從前那麼幸福，
你只是沒有從前那份知足。

總有一天，你可以微笑地說着你們的過去，他們的故事。

無論，結局是喜劇還是悲劇，
你永遠不會在我回憶中消失。

你有否想起我？
我不是問你，而是問我心中的你。

有種一個人，手機相簿裏全部是風景。

從前的你，讓我變成，現在的我；
現在的我，只會緬懷，從前的你。

那句，曾說好的幸福；留在，沒說出的回憶。

有些殘忍的眞相，寧願不知道；
有些痛苦的回憶，但願不記起。

當你回憶起某個人時懂得微笑，證明你已經放下。

成爲別人的回憶，至少留下過；
成爲別人的過客，至少存在過。

按下刪除，不算後悔；按下回覆，才更後悔。

過客，你給我聽好，其實，你是我回憶的……常客。

喜歡的舊歌，買下來，延續回憶；
喜歡的舊人，藏於心，愐懷過去。

再精彩的開始，也敵不過往後的平淡；
再痛苦的結束，也敵不過往後的回憶。

還記得某某說永遠愛着你嗎？現在他正拖着誰？
還記得某某說不能沒有你嗎？現在他去了哪裏？
還記得某某說至少還有你嗎？現在他正對誰說？
原來，甜言蜜語不能跟你一世，回憶卻可以。

有些人不想要所以假裝得不到，
更多人得不到所以扮成不想要。

一別就不會再見面的人很多，一愛就不會再選擇的人很少。

寧願被誤會，懶得去解釋，只因在乎的，根本不是你。

有太多的我愛你，只是想跟妳睡，
有太多的對不起，只因已睡過了。

你習慣一個單身，你習慣沒有情人，你習慣……口不對心。

請尊重分手，別死纏不休；
要走的不用挽留，要留的不需要走。

所有分手理由都是假的，你們分手才是真的；
所有花言巧語都是假的，你中了計才是真的。

寧願高傲地單身，也不卑微地戀愛。

自己一個人，其實不太可怕，最可怕是，
自己一個人，同時好掛念你。

當有一天，你看見狠心跟你分手的前度拖着新歡，
別痛苦，你只是把不要的玩具施捨給更不幸的人罷了。

每當大時大節，便很想打電話給你，但最後也沒有打出。
我不是沒有勇氣，我只是……找不到一個找你的理由。

有些經歷，要一個人經歷過，才叫經歷。

我們都試過打好一個短訊，最後卻沒有發出。
但，多年後，你還記得那個應該收短訊的人是誰嗎？
忘記了？還好，你當初沒發出。

感性產生一種免費娛樂，能讓你享受聽歌時流淚。

請用四個字寫出令你流淚的說話。
Ａ同學：但⋯⋯我愛你⋯⋯
Ｂ同學：我愛你⋯⋯但⋯⋯

堅強先要哭乾眼淚，
不過，後來才發現，眼淚是不會乾的。

捉不緊的感覺，反而更愛；
哭不出的眼淚，反而更痛。

分手不是完結，忘記才是；熱戀不可永遠，平凡才可。

記着那曾付出的愛，忘記那曾負心的人。

從不改電話號碼的原因，或者，是因爲還希望，
你忘了的人，沒有忘記你。

痛過、傻過、傷過、哭過，才叫真正經歷過。

放低才知曾經沉重，夢醒才知原本虛幻。

有時，曾經擁有的痛苦比從沒得到的痛苦，更痛苦。

曾經，我寫過一句這樣的句子：
「日後，盡量別教今天的淚白流。」後來，流的淚反而更多了。
曾經，我問過一個很傻的問題：
「閉起雙眼……你最掛念誰？」後來，故事再沒寫下去了。
曾經，我很想聽到這句說話：
「抱着你……不枉獻世。」最後，我緊抱着自己說了。
曾經，我問過一個很傻的問題：
「我想哭，你可不可以暫時別要睡？」最後，我們的故事結束了。

比遺憾更深一層次的，叫飲恨。你飲過了沒有？

有種遺憾，叫遲了認識；有種遺憾，叫太早遇上。

曾經，不能沒有；現在，可有可無，這……就是成長。

曾經遇過……無所不談，最後變成……無話可說。

未必，追求，結局完美，或者，最後，不能一起，
不過，過程，值得回味。

還記得，曾經，那個太容易心滿意足的自己嗎？
很笨，但卻最快樂。

甚麼最遺憾？最遺憾的是，只懂遺憾不懂悔改。

經過等待才會得到的着緊，失去以後感覺更加的殘忍。

你不能失去一個人？他其實只是人一個——學會，放低。

當你認爲轉身離開是不可能的堅持時，
那不如回頭說句：「親愛的，對不起。」

也許先要忍受失去的痛苦，往後才能明白得到的幸福。

當你遇上「得到就如失去」，不如忍痛地失去；
當你明白「失去就如得到」，才是眞正的得到。

你不能再改變一個失去了的人，
卻成爲了他在未來改變的原因。

別要讓喜歡你的人用離開來敎曉你甚麼是珍惜。

離開的人，已經愈來愈頻密；留下的人，變得愈來愈重要。

沒有對與不對，是傷感地離去，是快樂後告吹，
過程才是樂趣。失去還是……佔據？

• September

假如一見鍾情是一種命運，
或者，你會失去追求或被追求的樂趣。

依然很愛卻要結束；已經不愛沒有離開。痛苦，不相伯仲。

有時，等待……只是等待感覺離開，而不是等待他回來。

你在練習從朝早到凌晨，思念一個不屬於你的人。

很有趣的，我們都習慣用思念來懲罰自己。
我們都害怕讓人知道寂寞，這種寂寞……更寂寞。

有些人，微笑想過去，流淚過將來。

思念一個已經喜歡你的人最幸福；
掛念一個已經不愛你的人最痛苦。

自己一個人時，還好，不算寂寞；
喜歡一個人後，才會，更加寂寞。

永遠 (Forever) 是……直到遇上更好的某個人前，所說的二個字；
寂寞 (Lonely) 是……另一半的犧牲，所換來的感受。

經歷過後才發現，有些人，只適合用來懷念。
寂寞發出的聲音，都在深夜最響亮。

等待轉機？為何連被拋棄亦削奪權利？

世界的一種風氣，每段愛戀都彷彿總有限期……怎恨你？

專一，是一種男人的魅力，
甚至……是讓你愛上一個人的決定。

· September

有一種關係，就如飛了線的電話，
當飛線還未解除，你永遠找不到他。
有一種關係，就如電話來電顯示，
很想出現的號碼，偏偏卻不會出現。

人類的關係，來自一組又一組數字，
還記得舊情人的電話號碼嗎？還是一直也銘記着？

對着前度有禮貌，代表你有教養，
同時，代表了你們的關係變得愈來愈陌生。

關係不會是說完就完，感覺卻總是說走就走。

有些，關係很脆弱；所以，才學懂堅強。

世界上最折磨人的關係是，
留下，痛苦，離開，又痛苦。

在我的心裏，女人的雙手，是她們的第二張臉。

女人買鞋是無端經過，見到美就會去試，
男人不會，除了……對女人。

女人的眼淚，不罕有；
但一個為你流下眼淚的女人，要珍惜。

空想，叫做夢境；實踐，才叫夢想。

雖然，事實面目全非；
還要，痛也面不改容。

最初，我們就是為了夢想而忙；
最後，我們因為忙而放棄夢想。

擁有夢想的人！別放棄！
雖然路途還有很遠很遠，但慢慢地慢慢地走，
夢想只會更接近，而且總好過沒有夢想的人。

如果甚麼事也依足程序，青春要來幹嘛？

別要用放棄來完結你的失望，
只有用堅持來完成你的理想。

小時候，對一個人有感覺，說出口；
長大後，對一個人有感覺，藏在心。

你又痛苦嗎？
正比例你又成長了，更現實的你年齡又增長了。

夢想，愈想放棄，愈不要放棄；
愛情，愈不想放棄，愈要放棄。

當有一天，你明白得不到比得到更似擁有時，你成長了。

其實，自己製造快樂，會比，別人給你快樂，更可靠。

虛偽奉承別人，就是侮辱自己。

無論你換了多少段愛情，我依然站在你身邊，
只因我懂定下屬於我們的底線。友誼永固。

別怕，很多輸在起跑線前的人，最後都⋯⋯贏在終點。

實話實說，比你優秀的人還比你勤奮，
才會出現怨氣與妒忌。

不是每天在一起就叫「朋友」，
亦不是不能常見面就叫「外人」，
有時，友愛比相愛更長久。

走你自己想走的未來，而不是別人想看到的未來。

我懶理是甚麼黨甚麼派，我只知道，
自由，是屬於我們，自己。

謹記，讓步不等於要放棄，同時，進取不可以沒原則。

無論你討厭甚麼也好，別討厭你自己。

我們的人生中，總會遇上幾個短暫的壞情人、
幾個長久的好朋友。

通常朋友祝你事業一帆風順時，也許你正努力拼命逆流而上中。
另一半可以是你的朋友、兄弟、姐妹，不一定是愛情。

沒有人會在乎你的自尊，除非你成功之後。
不過，在你成功之前，有些人還是會在乎你的自尊，
這種無知又可愛的動物，叫⋯⋯朋友。

友誼是我們幾個人，少一個也不行；
愛情是我們兩個人，多一個都不可。

由不客氣變成客氣，叫普通朋友；
由客氣變成不客氣，叫眞心朋友。

當然是掌握在自己手，不過我們亦同時站在命運的手上。

他說：「愛情就如毒藥，吃過太多。」
她說：「愛情就如毒藥，一顆致命。」

她說：「遇上你以後，我改變了自己。」
他說：「改變妳以後，我遇上了別人。」
人來人往，在大都市中，不斷發生。演繹。

她說：「對不起，再見。」
他說：「別在我的世界繼續消失好嗎？」
然後，她便再沒有回覆了。

「再見」的意思，是再相見？還是再也不見？

他說：「妳認眞妳就輸了。」
她說：「因爲你我寧願輸。」

她說：「我想你想的人不想我想你。」
他說：「我想你想的人不是在想我。」
他們的關係是……？

她問：「爲甚麼你這麼快樂？」
他答：「只因我的記性不好。」

她說：「最早一次初戀通常最刻骨銘心。」
他說：「最後一個前度通常最銘記於心。」

她說：「有時，我很簡單，只希望找到一個擔心失去我的人。」
他說：「有時，我很簡單，只希望出現一個不怕被我愛的人。」

看不清自己，讀不懂他人。

生活環境比別人好，太多人是用來炫耀；
太少人是用來助人。

有時，會不明原因又突然難過，
有時，會知道原因卻沒有快樂。

能夠擁有生命，就要懂得生活，
這樣才能生存。

世界上最辛苦的工作，就是你不喜歡現在的工作。

有時，在一些環境之下，人愈多……愈孤單。

開心只因滿足，追求才有進步。
矛盾？但現實。

買衫買鞋買手袋；買錶買車買相機。
有時，不是用金錢去買快樂，而是用金錢買走不快。

不懂替別人守秘密的沒品，
不懂幫自己守秘密的更笨。

Charlemagne's calendar.[8] September corresponds partly to the Fructidor and partly to the Vendémiaire of the first French republic.[9] On the web it is said that September 1993 (Eternal September) never ended. September is called Herbstmonat, harvest month, in Switzerland.[10] Anglo-Saxons call it the month, corresponding to barley month, that crop being then usually harvested.

nisphere, the beginning of the
umn is on 1 September. In the
re, the beginning of the
ng is on 1 September. [11]

· September

ember 12 he
was added in
Triumphales
ber 1 on later
Empire adopted

September (from Latin se
originally the seventh of
oldest known Roman cal
(Latin Martius) the first mo
perhaps as late as 153 BC.[2
reform that added January
beginning of the year, Sep
ninth month, but retained

161

#6

NO
VEM
BER

別忘記，戀愛是一種經歷，而不是病歷。

包括了你發過的夢、你碰過的釘、你吃過的苦、
你好過的傷、走到現在的你,你走過的路、你愛過的人。

請把你的心事,變成你的意志,才會更有意義。

通常在別人口中了解你的人,
都不是真正了解你,因為你對誰都不一樣。

有些人,很輕易就能得到我們一直夢寐以求的東西,
不過,他們卻沒有我們奮鬥的經歷。

或者,你可以輕易把我擊倒,
不過,你絕不輕易要我求饒。

心態改變命運?對,不過更重要的是,
別被命運改變心態。

要別人對你改觀,不需要說服別人,只需要努力自己。
你永遠不知道回報何時會來,唯一能做的就是,繼續努力。

別忘記,戀愛是一種經歷,而不是病歷。

這段苦惱已經完了，起來吧，去找下一段苦惱吧。

能讓我想念的人不多，現在心中就只有一個。

有種關係是，謝謝你叫我出來陪你，
然後看你跟別人發訊息。

真的，真的沒法恨你，唯有，用另一種方法愛你。

無論是剛剛開始或是一直流血不止，
你也沒法立即停止愛一個人。

起身後最想看到他 WhatsApp 的那個人，
就是臨睡前最掛念的那個人。

有些朋友，捨不得拿來做戀人，卻又捨不得給別人。

記得，被愛是很甜，卻不是必然。

你明明知只是玩玩遊戲，卻遲遲也未能一一忘記。

老實，在你心中他只是一場遊戲，
不過，至少曾經有人真心愛過你。

其實，他所貼的相片、所寫的句子，
你也會想是不是寫給你看，對嗎？

擁有的，別要浪費。
有時，一句「我很掛念你」，是很奢侈的要求。

就因為人生中，
遇上每個人不同的出場次序，才會遇上你。

只不過是……剎那吸引，
何必選擇……抱憾終生？

你們甚麼時候最登對？是過去。

緣份法則：你遇不到那一個人同時，你會遇上另一個人。

別難過，因為他根本不會在乎你的難過。
醒了嗎？

那個人曾令你泥足深陷，
總有天將都會變成閒人。

才不勸你放手，繼續下去，
累積更多的失望，才會醒。

或者那些讓你最折磨的事，
是你覺得他還會回心轉意。

別用你的最好，換來可有可無。

有些人的興趣是，
在不應該花時間的人身上花時間。

有些人，你不聯絡他，他就不會聯絡你，
就如你不會主動聯絡一個不喜歡的人，很正常。

痛苦是因爲，你會愛一個能令你難過的人。

有天，總可以牽着深愛你的人，
然後，再一起忘記不愛你的人。

當喜歡一個人時，少寫一句怕後悔，多打一句怕誤會。

從來，我們一生不只愛一次，
不過，要守護的，只有一個。

很有趣，當眞正喜歡一個人，
總是無法說出原因。

就算是兩個世界的人，
不是唯有接受，而是一起遷就。

我的脾氣、任性、固執已經趕走了很多人，
不過，留下了從來沒厭棄的人。

朋友就是，就算你用 Emoji 來敷衍我，我也不會生氣。

朋友就是，有時連我自己也不相信自己時，
你竟然相信我。

在你面前會說你壞話，
在別人面前說你好話的人，叫朋友。

你這個年紀，小時候覺得很老，
現在又覺得不是當時你想像中的老。

通常覺得自己是多餘的人……都沒有猜錯。

再多的不甘心，都只不過是心存僥倖。

當我們要求自己多一點，依賴別人就變得少一點。

永遠不會知道自己的錢花到哪裏去，
又沒買甚麼，也沒吃甚麼，但錢就是沒了。

「你知道嗎？我堅持得最久的事，是甚麼？」
「是甚麼？愛我？」
「不，是每天手機充電。」

你沒能力讓很多人愛護你，你卻有能力去愛護很多人。

如果你想了一萬個忘記的理由也不能忘記，
你想來做甚麼？別想太多。

只不過，一時放不低，
不代表，你會痛一世。

在乎少一點，就會知道誰在乎你多一點。

我應該習慣適應，那個，沒有你的倒影。

因為時差錯過了，有誰又會知道因為時差遇上了？

總有個人在腦海之中，
有時會忘記，突然又記起。

突然想起，如果當初沒加你好友，
就不會發生這麼多故事。

曾經，他是你舉足輕重的心事，
後來，變成了微不足道的往事。

寧願，想不通，頭痛；好過，想通了，心痛。
寧願，記不起，心煩；好過，記起了，心淡。

今天，就算被趕走；
明天，心仍在留守。

有時，別人給的傷害，
也大不過自己想的傷害。

慢慢放輕一點，放輕一點，
總有一天，你會發現，已經忘記想念。

其實，有些人不是放不低手機，而是放不低……一個人。

你有試過嗎？
這首歌，這段時間內，我不能聽。

在最想你的時候，頭也不回地走過。

深愛過後忘了怎樣收場。

或者，我們只需要，
爲深愛你的人而奮鬥，而不爲討厭你的人而苦惱。

或者，世界的確非常現實，
不過，失戀不是世界末日。

就讓我走出你的世界，請祝我一路旅途愉快。

一個沒回頭，一個沒挽留，別哀愁，這是重新開始的節奏。

有些文字，只適合留在你的心裏，
還有，那個對話框裏。

既然，明知哭着亦難挽留，
不如，學習笑着然後放手。

你用日新月異的科技，留住日積月累的感覺。

太多故事不能夠走到最後，太多感覺只能用回憶感受。

說實話，現在你想念的那個人，其實，他正在想着，另一個人。

當你用很長時間去想是否浪費時間
在一個人身上時你就正在浪費時間。

有種痛是，愛上卻無法一起；有種苦叫，一起卻無法愛上。

有種討好，換來討厭；有種自責，變成自虐。

有時屬於兩個人的回憶，可能只有一個人會記起。

最煎熬是……故事未開始，緣份未完結。

瞬間能令你崩潰的人，通常令你痛得最長久。

你愈痛，代表了，你愈愛。

我有一千萬個愛你的原因，卻沒一個可以愛你的身份。

痛楚的用途，就是用來提醒你已經受傷，怎麼你好像不明白？

痛的人有很多，改的人卻很少。

掉失錢包最重要的是甚麼？
對，就是那些拍不回來的相片與……回憶。

有美貌？有鑽戒？世界都這樣心態？
明白你要求，但，誰能明白我感受？

回憶如是，慘不忍睹，合上雙眼，依然看到。

因「了解而分開」是一件好事，
至少，不會因「分開後才了解」而後悔。

單身說：「單身總好過找代替品。」
怎樣了？更悲哀是……代替品說：「做代替品總好過單身。」

冷漠，就是一種不明文的說明，
分手，就是一種最眞實的過程。

爲何，分手後總覺得他很陌生？
只因，一起時你根本不了解他。

一個情人有多壞，通常，要在分手後變成前度，才會知道。

我們盡量在別人面前隱藏憂鬱，
不過，當一個人時，憂鬱的臉容出現，騙不了自己。

分手時，決心讓他後悔；多年後，連名字也忘了。

別自私，你錯過了他，就代表會有人沒錯過了他，
更代表會有人沒錯過了你。

忽略你的，總有一天，會重視你。
還沒重視你？到那時，你已經不在乎了。

淚在眼眶打轉，沒有流下，這份堅強，不是每人也懂。

忘記是……？拿出電話，按下他的號碼，怎樣了？
曾經滾瓜爛熟的號碼，已經忘記了。

十個無聊習慣讚好，也比不上，一個逗你快樂微笑的人；
十個沒腦關心留言，也比不上，一個懂你流淚原因的人。

時間讓你忘記他，還是……讓你習慣沒有他？

如果不再空虛，爲何還會流淚？
如果再不沉醉，何爲仍在心裏？

你只看見我寫在電腦的文字，卻看不到我掉在鍵盤的眼淚。

明明曾經說過一世都不會忘記的人，
到最後，連名字也說不出來了。

當你發現愈來愈多東西能把你弄哭，
你就會在不知不覺之中學會了堅強。

有天，你總可以，牽着別人的手，忘記曾經的他。

那天曾經說：「我將會是一生對你最好的人。」
後來竟然說：「你會遇上一個比我更好的人。」
……真諷刺。

每個人也曾經在心裏想過這句說話：
「今天我特別想你。」
……只是沒說出口吧了。

很想要！很想要！曾經很想得到的東西，
原來已經不需要了；要放下！要放下！
曾經很想放低的東西，原來已完全消失了。

既然根本沒緣份，無需放大來遺憾。

最初，因爲緣份；最後，變成遺憾。

有種感覺是，再沒有怨恨，只餘下遺憾。
還記得，那個曾經太容易心滿意足的自己嗎？
很笨，但卻最快樂。

有一種緣份，要變成遺憾，才值得讓人一世保存。

當你領會到甚麼叫曾經擁有，你就會明白甚麼是天長地久。

鳴謝不能回頭的時間，給我永遠找不回來的感覺，享受那份遺憾。
對於愛情，曾經，我們都很傻，現在，我們都說別人傻。
但這種傻勁，卻是最令人回味。

在他的世界裏你只是過客？
怎樣也好，他的世界裏不會再遇上第二個你。

你「哀求」他不要消失得這樣快，
你「跪求」他不要離開得這麼急，
但你可知道，他在「祈求」你快死遠一點。

我們都很容易把焦點定在自己所失去的東西之上。

永遠失去的感覺，只有在最深愛的時候，才能眞正的體會。

通常，等很久才能擁有的東西，
大概，已經失去了當初的感覺。

很簡單，眞的很簡單，我只需要一個害怕失去我的人。

當你明白，有時得到比失去更糟之時，證明你已在歲月中長大。

我一直等待，可惜你從沒到來，我轉身離開，才看見我的現在。

密碼輸入錯誤，沒有訪問權限，用戶暫時離線，
也比不上，最後失去聯絡。

你愈怕失去愈會失去；愈去在乎愈不在乎你。

寂寞不是影子，關了燈依然存在；
背叛不是影像，閉上眼依然痛苦。

最可怕的鬼故事，就是他離開了你，
但依然冥頑不靈在你腦海中出現。
更可怕的鬼故事，就是你再次撞上這隻鬼，
但依然覺得他是你⋯⋯最深愛的人。

夜深人靜時突然想起的人，通常都比睡眠更重要。

兩個寂寞的人，是尋覓；一對寂寞的人，是離開。

到此為止的是故事，死纏不休的是思念。

假如獨立的代價是失去，就要學懂想念他而不打擾他。

不能擁有的付出，記得要適可而止；
不能改變的掛念，記得要恰如其分。

你有試過，很懷念一個曾經得不到的人嗎？
這是一份寂寞的享受。

最寂寞是，當你炫耀你的寂寞時，沒有人理會你的寂寞。

有些人，無論，你多用力想他，始終，不能見面，只有懷念。

明明嘗試選擇忘記，最後變成強迫記起。

男生年紀多大也好，還是個大細路；
女生年紀多大也好，依然喜歡撒嬌。

有一種人，無論別人說他多壞也好，我們都總會愛上。

男人愈大選擇愈多，選擇愈多眞愛愈少。
女人愈大選擇愈少，選擇愈少騙局愈多。

女人二十明白，男人二十仍未合格；
男人三十而立，女人三十進入疑惑。

最痛是，關係沒有了感覺還在；
最怕是，感覺沒有了關係還在。

要快樂其實不簡單，生活中充滿了難關。

有時，女人就是喜歡有能力玩弄女人的男人，男人亦同。

請小心，熱戀不代表永遠，因為欣賞你的人不只一個，
同時，欣賞他的人也不只你一個。

有時，儘量別肯定一段關係；
這樣，感覺才不會加快流逝。

一段兩個人的關係，選擇如何走下去，不只是一個人的決定。

不斷假設，又不找解決方法，「懷疑」將會漸漸變成錯誤的真相。

受傷過後，復原的過程能令你變得成熟，
同時成為你成長的證據。

來到絕望時，才會出現真相，
得知真相後，才會迅速成長。

有時，成長是最可怕。
看！你不是變成了小時候最看不起的人嗎？

回憶學生時代，
班上總有一兩個肥仔、一兩個被人欺負的同學……
一兩個曾經暗戀的對象。

小時候，天眞地，總覺得自己與衆不同；
長大後，無奈地，還是選擇了隨波逐流。

如果怕失敗不開始，這樣未開始已失敗。

如果妳只看見掛在他身上的價錢牌，妳已經開始改變了；
如果你只看見掛在她身上的事業線，你基本一點也沒變。

太多，安在家中恥笑別人的人；
太少，別人恥笑而沒放棄的人。

還懂得死心塌地去愛一個人其實很幼稚，卻是最眞實的；
不再懂至死不渝去愛一個人其實很悲哀，卻證實已成長。

痛苦以後，就會成長；
成長過後，又再痛苦。這是尋找永遠的過程。

沒你說得那麼好，沒你想得這樣差，就是我。

記得命運只給你嘗試的機會，掌握機會才是你真正的命運。

你走過的路，留下的痕跡，不是虛度，是經歷。

人類，利用內心的虛假，追求表面的和諧。

在你人生的舞台上，可能沒有太多觀眾鼓掌，
但請為自己全心付出過而驕傲。

別用你自己的說明書，去研究別人怎樣使用。

跌了卻沒人提你拾回來的東西才最值錢。

經營自己的人生是很重要的，
有時，偶然的成功比失敗更失敗。

人們總是希望回到過去重新開始，
那為甚麼不嘗試改變現在重新開始？

你有試過嗎？忽然好想哭，忽然想大笑，忽然很厭世，
忽然自言自語，忽然很痛苦，忽然沉默不語，忽然很心滿意足。
對，我們每一秒都在變。

或者，一句「我們分手吧」，
只是結束了戀愛關係，卻依然存在友誼。

沒有你的支持，哪有我的堅持。

她說：「三圍是一組數字，健康才更有真正意義。」
他說：「權力是一種慾望，平淡總好過無風起浪。」

她說：「我很善良，傷害的人只有我自己。」
他說：「你很邪惡，令別人痛苦也不知道。」

她問：「男人的尊嚴有甚麼用？」他說：「就如你的化妝品一樣。」
她說：「不明白。」他說：「代表了你尊重別人同時尊重自己。」

她說：「被愛是世上最幸福！」他說：「錯了。」她說：「錯甚麼？」
他說：「世界上最幸福的是⋯⋯相愛。」

他說：「其實，我一直都在妳身後，只差妳的一秒回頭。」
她說：「其實，我一直沒有回頭，就是等你追上來正面跟我說。」
有幾多緣份就這樣結束呢？你呢？

他說：「有女人味的女人靚過靚的女人。」
她說：「沒男人承擔的男人醜過醜的男人。」

看人要看準一點，看似脆弱的，其實從容不迫；
看似堅強的，其實不堪一擊。

你只是不斷在說服自己，而不是努力去改善自己。

無論如何，要讓看小你的人；
總有一天，會明白小看了你！

永遠，加薪，追不上，通脹；
永遠，情深，敵不過，緣淡。

寧可跟不喜歡的人保持距離，也別要在別人背後說他壞話。

切記，你嬲佢，你憎佢，你一肚子氣，你中計！

愛我的，請繼續愛我；憎我的，別放棄憎我；
恨我的，要保持恨我；你們是我的存在價值。

只要你肯努力去快樂，傷感就會自動消失。
努力工作很重要，但別要忘記努力快樂。
有何不可？

7

AN
OTHER
MON
TH

一個人 In love，一個人 Enough。

無可挽回的，不是你未來的人生，只是你過去的遭遇。

讓喜歡的人找到喜歡的人，就是愛。

太多，兩個人共同的記憶；
變成，一個人獨自的回憶。

沒法再改變的往事，總有屬於它的意義。

我知，沒有你，就沒有那道傷痕；
不過，沒有你，就沒有那段回憶。

問心無愧，痛一時；於心有愧，記一世。

沒開始的愛情，多年後回憶起，都有一份……淡淡的淒美。

就算，搶奪我的愛情，也不能搶奪我的回憶；
就算，佔領我的地方，也不能佔領我的思想。

回憶一下，這五年來，你還在堅持甚麼？
01. 一段關係　02. 一個理想　03. 一份職業
04. 一樣興趣　05. 一種習慣
也許，我們都改變了。

看到深宵在不斷重播的電影、聽到那首令你眼濕濕的歌曲、
嗅到衣服毛巾柔順劑的氣味、嚐到學習你方法煮的公仔麵，
那個人的回憶，再次回來了。

就連看得見的在乎也沒有，何來看不見的愛呢？

通常，你以為會喜歡你的人，其實不是喜歡你；
往往，你以為不喜歡你的人，偏偏就是喜歡你。

把你搶走的人，如果能帶你完成永遠，我會站在遠處祝福你。

最痛苦的懲罰，別人把你帶走，卻留下你的回憶。

你不被提起，卻未被忘記，這⋯⋯就是回憶。

當傷心大於不甘，痛一會；當不甘大於傷心，記一世。

無論你拍拖幾多年，一句分手只需要數秒。
愛情根本沒有算式，也沒有公平不公平。

每個單身的人背後都隱藏着一兩個傷感的故事。

有一種成熟，是分手後盡量不說對方壞話，尤其在 Facebook 上；
有一種溫柔，是分手後真心希望對方幸福，尤其在 Lonely 時。

大致上，最多的分手導火線是甚麼？性格不合？開始厭倦？
不對……是手機短訊。

最痛苦是，分手了，不再愛我卻對我好，
更痛苦是，沒分手，對我好卻不再愛我。

不用安慰、不用問候、不用在乎、不用了解，
有時，就給我一個人靜一下，明天，沒事了。

何必在開始時說兌現承諾？
何必在分手後說有多愛我？

有人用記恨來忘愛，有人用忘恨來記愛，
怎樣也好，事實是⋯⋯都過去了。

記憶是懂自動歸類，它會把最好的替代比較好的，
所以你才會忘記。
但請留意，最好的跟最痛的是不同類，
這就是你現在還未忘記痛的原因。

哭過才知堅強，笑過才懂珍惜。

別在流下眼淚的地方繼續留下眼淚；
別讓疼愛情人的方法變成痛愛情人。

也許，要經過痛楚，才能看見事實，才會掉下眼淚。

看着我的故事，流下你的眼淚，那你的故事呢？

不要「去的」──你要忘記痛苦「過去的日子」，
然後好好「過日子」。

愈想擁有愈不能擁有，愈想忘記愈容易記起。
愈求甚麼愈得不到甚麼，我們都是⋯⋯「愈求人」。

誰不想依賴？但必須堅強。
誰不想忘記？但必會記起。

當你曾經品嚐過「長久的煎熬」，
你便會寧願選擇「瞬間的崩潰」。

我們都曾經犯錯，而且還會傷害了一些人。
長大後很想說一句：「對不起！」
可惜，各自也過着自己的生活，誰會聽你的對不起？

錯的時間遇上對的人，叫遺憾；
對的時間遇上錯的人，叫青春。

曾經的痛苦，在未來絕對對你有幫助！

當你曾經品嚐過一個人的浪漫，你會更懂得珍惜兩個人的浪漫。

疏遠曾經接近的人，只因知不能再擁有，
接近曾經疏遠的人，也許還是死心不息。

曾經很想擁有的東西，總是在再不需要的時候，才會到來。

走得更前，只因，曾經退後。

有種感覺愈來愈遠，不是因我緩緩退後的離去，
而是你漸漸前進的接近，有時，看得太清楚反而是一種遺憾。

通常，後悔與遺憾，多數是沒有做甚麼，而不是做過了甚麼。
示愛也好、求婚也好、說分手也好，去吧！勇敢走出你的下一步！

被放棄的人最幸福，只因又可以有新的開始。

沒有東西是永遠的，包括離開時的痛。

愈甜的愛情，失去後愈苦；
愈苦的開始，得到後愈甜──循環，不息。

失去一個不愛你的人，總好過，為了別人失去自己。

當你愛到投入得連自己都怕，請準備好失去痛到自己都驚。

愈是快樂的過去，失去後，想記，愈是痛苦；
愈是難得的愛情，得到後，擁有，愈是珍惜。

假如你一直覺得擁有是失去的開始，
那為何不改為失去就是擁有的開始？

年輕時永遠都覺得自己是對的，知錯時已經離開年輕很遠很遠。

讓你愛到失去「理智」的人會「置你」於死地。

快快知道他要離開你，痛苦？
漸漸覺得他不再愛你，更痛。

終於，我成為了你的解脫；
同時，你成為了我的寄託。

分手後，用陌生人的身份去懷念，其實，是另一種享受。

也許你討厭寂寞，慢慢地習慣寂寞，慢慢地享受寂寞。

被接受因寂寞，比拒絕更荒謬。

想念一個人，請別打擾他，你，其實不需要讓他知道。

放棄需要勇氣，尤其在寂寞的時候。
獲得需要耐性，尤其在迷戀的時候。

我跟影子說：
「有一種集體活動，最寂寞，一個人訓練一個人生活。」

一個人在家寂寞，總好過兩個人相對還寂寞。

長痛不如「短痛」非常正確，
但短痛過後請別懷念……你的「長痛」。

我們可以徹底的做自己，
同時，我們依然深愛真實的對方，這就是幸福。

手機短訊來電、電腦聊天紀錄，
如果你想吵架，去看對方的吧。

不懂扮懂，是他；懂扮不懂，是她。

有時根本不是女人的第六感特別敏感，
而是男人過份地解釋。

也許，現在的距離正好是最好的關係，
正好時是最好，最好時卻不是正好。

女朋友跟女性朋友差了甚麼？就是差個「性」，
如果你不覺得有差，請自重。

女人受着愛情委屈，反而最是吸引。
男人為着工作苦惱，反而更有魅力。
可惜，能看懂的，不是身邊那位，反而是其他人。

性感是脫掉最後一塊布前的一種吸引力，
女人最明白，男人更清楚。

你忙，所以你忘，最後連關係也亡。

也許要學懂維持一段關係之前，先要經歷一段破壞關係的關係。

男人不想別人看見自己的眼淚，女人只想不為男人而流下眼淚。

我跟你相敬如賓，他跟你每天紛爭，
始終我敵不過緣份，你是他的……女人。

女方朋友說：「這個男人不值得你愛。」
男方朋友說：「這個女人趁早分手吧！」
拍拖的人，是你，還是你朋友？

不幸地，我沒有東西是唾手可得，
幸運地，我所有東西也得來不易，
然後，我學會了……珍惜。

如果，你還有力向前走，何必退後？
假如，你還有力向後退，何不向前？

最困難的事，不是勝出比賽，而是繼續比賽。
最遙遠的路，不怕腳步很慢，只怕不停徘徊。

重看手機中的相簿，才發現，友情也好、愛情也好，
有些人，總會在生命中突然出現了一段時間後，又忽然消失了。

假如，你連青春都可以浪費，
其實，你已經是 Nothing to lose。

還記得嗎？年輕時的你……
對着某些人渣，你卻死心塌地；對着某些好人，你卻不斷逃避。

每一階段的自己都會覺得上一階段的自己是傻瓜。

有這樣的過去才有現在的自己；有這樣的自己才有現在的過去。

也許，成長拿走了……那從來不怕失去的勇氣。

可能，要離開了青春，才知道青春有沒有浪費。

總是，老得太快，看透太遲；
總是，年紀太輕，看得太遠。

精彩的人生，可以不用說話。
只喜歡閱讀、聽歌、攝影、看電影，還有……發呆。

長得美麗是天賜，活得漂亮是人為。

其實要試圖改變世界，何不先嘗試改善自己？

來到最後，我們的人生只會變成故事，現在，還要浪費嗎？

不是選擇對與不對，只在選擇後不後悔。

離開的勇氣當然重要，但請先堅持過、
努力過才拿出勇氣放棄吧。

朋友是……不用說話，一起寂寞吧！
朋友是……無所不談，醉生夢死吧！
朋友是……失戀了嗎？我來陪你吧！
朋友是……結婚了嗎？分點福氣給我吧！

雖然吃不到的葡萄是酸的，但吃到了葡萄也未必是甜。

你愈討厭現在的生活愈證明你的過去還未夠努力。

接受現實是需要的，但不代表要放棄自己，
這樣，會辜負愛你的人。

有種 Lifestyle 我最喜歡，它叫「一個人的浪漫」。

無論你去哪裏，別忘記帶一樣很重要的東西，它叫「笑容」。

世界很公平，
命運不會任意妄爲受你擺佈，但你也不會循規蹈矩爲命運而行。

要壞過，才知道怎樣做一個好人。

她問：「永遠有幾遠？」他答：「傻瓜，永遠不是一種距離。」
她問：「那是甚麼？」他答：「是一個決定。」然後，他擁吻着她。

她說：「我們的關係就像我家中每天慢 1 分鐘的鐘，
12 小時後，又回復正常了。」
他說：「妳知道每天慢 1 分鐘的鐘，慢 12 小時要多久？
是 720 日，傻瓜。」

她說：「女人煩的時候，男人別出聲，很快女人就會知道自己煩。」
他說：「男人懶的時候，女人別執屋，很快男人就會懂妳的辛苦。」

他說：「愛情是這樣的，只要妳不能完全了解我，
我才會成為妳永遠的話題。」
她說：「愛情是這樣的，只要你不能完全擁有我，
我才會成為你永遠的最愛。」

他說：「我不讓妳知道我愛妳，
只因我自知『擁有』比『沒有』更困難。」

扮演不同角色去討好別人，可能是重要，不過不是必要。

見識太少，想得太多；興趣太多，時間太少。

小時候，總想為自己改變生活，
長大後，變成為生活改變自己。

在這裏尋找過，在這裏得到過，在這裏失去過。

突破現在的困境需要甚麼？
金錢？力量？
還是一位重視的人簡單的一句安慰？

有時，你不懂人情世故衝口而出，
不是你笨，只是你太善良了。

旅行，就好比一段不用負責任的愛情。
厭倦自己的地方就去別人厭倦的地方，
玩玩後又可以離開，不長久，卻浪漫。

可以做甚麼就做甚麼不夠快樂，
可以不做甚麼就不做甚麼才更快樂。

我們都有一種合法性消極的心態，
不過過程很短，第二天又忘記了。

現在過得很好，不代表，過去不再重要。

有種永遠，已在現實中消失，卻在回憶中延續。

痛苦的深度，來自你有多愛一個人，而那個人有多討厭你。

別怪他最後不選擇你，只因，當初你亦有權放棄。

已經無力墮入愛河，就要有力承受痛楚。

離開是痛，離開後的回憶更痛。

或者，一個每天你也想起的人，
等於，一個永遠不會得到的人。

怪你一直死忍，結局變成活該。

或者，你的幸福；就是，我的退出。

愈好，愈不珍惜；愈壞，愈不捨得。

慢慢、慢慢來的凍，沒立即來的凍那麼這麼凍，
慢慢、慢慢來的痛，比突然來的痛更加更加痛。

我愛你三個字，很難寫，現在要我放棄，很難捨。

當有一天，你懂得把從前痛苦的回憶用來品嚐時，
你就明白咖啡苦澀依然好喝的原因。

曾經，放不低的故事，總有一天，成為，拿不走的回憶。

有一種愛是……「已經知道真相，還為對方著想。」
有一種愛是……「就算知道真相，還是選擇原諒。」
都很傻，但這就是……「愛」。

你擁有分手後還能成為朋友的人在身邊嗎？
他是最熟悉你的人，但請記緊，你們是「友愛」，而不可「還有愛」。

有種「警戒」要去到某個「境界」才能得到領悟。
例如……好心分手。

真面目往往出現在熱戀之後；假藉口通常出現於分手之前。

如果還能承受，請繼續；如果不能接受，請放棄。
尊重分手，易學、難精。

有些人，最懂得用承諾令你沉淪，然後用藉口說出分手。
也許，分手失戀會痛死你，不過，總有一天會痛醒你。

一個人，In love，一個人 Enough。

其實，我們遺忘的，比記起的，多很多。

眼淚能夠解決的問題，大致上，都是短期而不是長遠。

我們都過份堅強，通常在想哭的時候卻沒流下眼淚。

忘記一個人不容易，原諒一個人更困難。
不如，就選擇原諒而不要忘記，好嗎？

問題很複雜，答案很簡單；
離開很容易，忘記很困難。

要成為別人寂寞時第一個想起的人不容易，
要忘記寂寞時第一個想起的人更困難。

流淚的女生，是最美的，
一面流淚卻一面堅強微笑的女生……更美。

分開簡單，忘記艱苦；開始容易，維繫困難。

假如，你的哭、你的笑，都只屬於一個人，
也許是幸福，但這個人卻最容易令你崩潰。

曾經，那個，有能力摧毀你一生的人，
通常，他媽的很幸福——暫時。

你曾發給我的訊息、一起拍的照片，通通我一直也好好留着，
因為這是一種證據，證明我可以放低，一個曾經如此愛的人。

曾經令你哭到崩潰的事，
相信我，總有一天，你會笑着說出來。

沒有遺憾，沒有過去，已經過去，才會遺憾。

遺憾地，無論怎樣選擇，也會出現遺憾；
慶幸地，無論選擇對錯，也是值得慶幸。

有些最終價值，不是永遠，而是曾經。
誰沒試過，把青春消耗在錯的人身上？
愚笨？不幸？遺憾？緣份？還是命運？

當你真正體驗過永遠失去，便會參透甚麼是曾經擁有。

人生最大的遺憾，輕易地放棄不該放棄的；
固執地堅持不該堅持的；不斷地記起應該忘記的；
愚蠢地忘記應該記起的。

曾經，你會哭，他為你而心痛；
最後，他不為你心痛，你會哭。

如果此刻沒愛錯，或者無謂想太多。
享受曾經擁有過，希望大家都清楚。

一直笑，只因未找到讓你哭的人；
一直哭，只因失去了讓你笑的人。

別要，失去自己得到愛；寧願，失去愛做回自己。

現實，已經失去，幻想，才能延續。

一個留下、一個離開。留下說離開狠，離開說留下笨。
——每個人都有一兩個這樣的愛情故事。

不值得你愛的人最值得放棄；
不捨得愛你的人要捨得離開。

也許，直至今天，原來我還在乎，當初你的離開。

知道早晚會離開的還好，一直猶豫不決的人還有很多。

其實，他從來也不屬於你，你失去了甚麼？你痛苦又為何？

有時就是這麼奇怪，失去愈多、得到愈多；
傷害愈深，明白愈深。

沒安全感才會讓她敏感，太看不開才會讓他離開。

寂寞的時候，總會突然想起一個問題：
離開我以後，你更快樂嗎？

在你失戀時，你就學會了如何對抗痛苦；
在你寂寞時，你就學懂了如何習慣孤獨。

在得到他的時候，從來沒發現，
在失去他的時候，最想念是誰。

有種奇怪的嗜好⋯⋯喜歡寂寞。

想念一個不愛你的人，叫潛意識虐待，
通常，聽着悲慘的歌曲，能令虐待感覺更持久。

因為寂寞，所以找尋寄託；找到寄託，原來更加寂寞。

想念不需要「結果」；思念不需要「擁有」，
有時會令你隱隱作痛，有時會令你會心傻笑，
掛念是世上最矜貴而免費的娛樂。

明明忘記了，突然又想起；通通過去了，忽然又記起。

痛苦說：
「如果閉上眼可以忘記一個人，我可能盲了會更好。」

有種女生在某個角度看會很美麗；
有種女生在不同角度看都很美麗；
有種女生不用看心中已經很美麗。

最着緊的人是……最珍惜的人是……
最在乎的人是……最疼愛的人是……
如果都是同一人，多幸福。
如果不是同一人，多折磨。

你說女人如衣服？我跟你說，很多衣服你也穿不起。

她，總是不自覺地背着我睡，
後來才發現，原來女人喜歡被人從後擁抱的感覺。
一份，安全感。

有種關係，就像沒有 SIM Card 的手機，
沒有訊號，不能聯絡，只能玩玩遊戲。
除非，你遇上 Wifi。

一段幸福的愛情關係，是需要多次墮入愛河……
只是每次對象也是同一個人。

一對老公公老婆婆跟我說：
「『相對無言』，才是一段長久關係的最高境界，
同時也是最親密的交流方法。」

愛……可以影響男人的原則，
也可以影響女人的物質。

萬千的男人，千萬別以爲可以完全了解女人，將得教訓；
萬千的女人，千萬別以爲可以能夠馴服男人，是反效果。

妳很聰明，甚麼都懂，就是不懂扮傻。
妳是傻瓜，甚麼都不懂，其實妳在裝傻？

堅強是好，不過，不斷用堅強掩飾那份痛苦，
也許，更加痛苦。大概，懂哭的女人，才是最美麗。

成長爲了甚麼？就是讓你知道，爲甚麼要成長。
從失去學會成長，從成長領悟失去。

我們都以爲自己與衆不同，然後走在街上才發現，
爲甚麼這麼多個自己？

成長最可怕的是，當你愈是長大愈不懂開懷。

他從來不會說話，卻每天告訴我們，
要長大了⋯⋯他叫「時間」。

人愈是成長，愈不輕易愛上一個人，
就算愛上了，自己不計較，都總怕別人在計較。

用青春換取等待，很幼稚？對，但這才是眞正的愛。

學習面對一直逃避的事情，就是勇敢。

若這天，還是不懂，依然年靑；
但有天，終於懂了，不再年輕。

一點一滴加起來的，就是你的夢想，
一分一秒加起來的，就是你的人生！

做孩子眞好，擦傷了，哭過後，又重新開始。
做大人更好，擦傷了，哭過後，又學懂結束。
如要，勝之不武，寧願，敗者爲寇。

最悲哀的也莫過於，呆等歲月改變自己。

信任可靠的人代表了你明智，
而被別人信任是一種不用說出口最大的讚美。

出於污泥而不染的朋友，比出於低迷而減價的貨品，
更值得收藏，卻難求。

當你擁有一種別人拿不走的個性，就是一種吸引。

不懂回頭看人生的人才笨，看看你曾經有多犯賤也好。

我走得快，不過無意識地跟着別人走的路；
我走得慢，不過至少正向着我想走的方向。

別讓一個站在你面前的人，使你習慣了無視整個世界。

友誼就是，明知一起的時間會減少，
也會在旁協助你完成人生最重要的旅程。

能跟你開心一起笑的都是最好朋友；
能與你痛苦一起哭的都是生死之交。

笑代表快樂，對？但當有天，你的表情在笑心卻不快樂，
不是你虛偽，而是你在適應着世界。

奮鬥你的人生，有時，是迫出來的；
放低一段感情，同樣，都是迫出來的。

兄弟 A：從前一隻孖寶兄弟可以玩足幾年，
現在 Angry Bird 出多少集都很快玩厭。
兄弟 B：媽的，你在說愛情嗎？

也許，友情走前一步，就是愛情；
不過，愛情退後一步，難再友情。

他說：「如果我愛妳，我會告訴妳；
如果我不愛妳，我會先告訴自己，再告訴妳。」
她說：「假如我愛你，我會先告訴自己，然後告訴你；
如果我不愛你，我會直接告訴你。」

她說：「假如欺騙是種藝術，我想我已經愛上了藝術家。」
他說：「假如暗戀是種藝術，我想我收藏了珍貴藝術品。」

他說：「我們最會自尋煩惱，而不會自求多福。」
她說：「幸福請別假手於人，才足以羨煞旁人。」

他說：「你要如何罵我也不緊要，但你不能傷害我的夢想！」
她說：「你要如何保護夢想也好，但你要同樣的保護着我！」

她說：「我想要的愛情多一些，然後一起努力買麵包。」
他說：「我想製造麵包多一些，然後不用努力找愛情。」

她說：「真愛，一個人就夠，曖昧，卻照單全收。」
他說：「曖昧，我來者不拒，真愛，卻一個難求。」

誰不想由自己掌握快樂，只可惜被別人控制情緒。

假裝微笑，很簡單，解釋痛苦，很困難。

我們，明白甚麼是正義，
不過，同時歪曲了邪惡。

每天都會給你一個重新開始的機會，
而這機會叫明天。

講個故事你聽。
從前，有位小朋友手上沒有智能手機與遊戲機，
他手上只有東南西北與紙飛機，卻比未來的自己活得更快樂。

你的笑容不能改變生活也好，也別被生活改變了你的笑容。

無論你在世界、社會、公司、學校是排名第幾，
只要做好自己，你就是最好的一個。

我們都很奇怪，擔心一份不會愛你的工作，
卻不在乎一個會愛你的人。

那天，我跟扎鐵友人討論人生。
我問：「你覺得生存為了甚麼？」
他說：「當不能死去，就唯有生存！」
當時，配合他的流利廣東話粗口，我覺得……很熱血。

A c

of

in

mo

eit

of

Fo

of

con

Th

the

yea

abl

· Another

孤泣特別鳴謝 — 孤泣小說團隊

由出版第一本書開始，只得我一人。直至現在，已經擁有一個孤泣小說的小小團隊。謝謝一直幫忙的朋友。從來，世界上衡量的單位也會用金錢來掛勾，但在這個「孤泣小說團隊」中，讓我發現，別人為自己無條件的付出。而當中推動的力量就只有四個大字 ——**「我支持你！」**

很感動！在此，就讓我來介紹一直默默地在我背後支持的團隊成員。

App 製作部：

Jason

傳說中的 Jason 是以戇直、純真、傻勁加上一點點的熱血配製而成。為了達成為一個 小小的夢想，忍痛放棄一份外人以為穩定的工作，毅然投身自由創作人的行列。希望可以創作屬於自己的 iOS App、繪本、魔術書、氣球玩藝書、攝影手冊、攝影集、IT 工具 書等。歡迎大家來 www.jasonworkshop.com 參觀哦！

編校部：

曦雪

曦雪，愛幻想、愛看書、愛笑愛叫的怪小孩，平時所有愛做的都不會做。歡寫作卻不會寫，說是因為懂寫不懂作。

Winnifred, 現實中的化妝師，見證多少有情人終成眷屬。喜歡美麗的事物，自成一角的審美態度：「美，可以是看不到、觸不到，卻能感受得到。」機緣巧合，成為孤泣的文字化妝師。

RONALD

學藝未精小伙子，竟卻有幸擔任孤泣小說的校對工作。可說是人生一大幸運的事。

多媒體與平面設計部：

阿鋒
平面設計師，孤泣愛
好者。
由讀者搖身一變成爲
團隊成員之一，期望
以自己的能力助孤泣
一臂之力。

RICKY LEUNG
兜了一圈，原地做
夢！感激孤泣賞識同
時多謝工作室團隊，
這團火燒到了我。創
作人，路是難行但並
不孤單。

阿祖
喜歡電影、漫畫、小
說、創作，希望替孤
泣塑造一個更立體的
世界。

插畫部：

13
不善於用文字去表達心情，但喜歡以圖畫畫出一片天空，這片天空
是無限大，同時存在了無限個可能。多謝孤泣給我機會發揮我自己，
而孤泣的小說，是我的優質食糧。

宣傳部：

孤迷會
孤迷會 (Official)
FB：
https://www.
facebook.com/
lwoavieclub
IG: LWOAVIECLUB

法律顧問：

X 律師
當孤泣問我如何殺人
不坐監、未來人受不
受法律約束時，我決
定成爲他的顧問，律
師費請匯入我戶口，
哈哈。

孤泣作品
LWOAVIE RAY
COLLECTION
04

Quotes from Lwoavie。1

字作自受

じごう　じとく

You Deserve It

作者：孤泣 ｜ 編輯：席 ｜ 設計：joe@purebookdesign ｜ 出版：孤出版　地址：新界
荃灣灰窰角街 6 號 DAN6 20 樓 A 室 ｜ 發行：一代匯集　地址：九龍旺角塘尾道 64 號
龍駒企業大廈 10 樓 B＆D 室 ｜ 承印：美雅印刷製本有限公司　地址：九龍觀塘榮業街
6 號海濱工業大廈 4 樓 A 室 ｜ 出版日期：2019 年 7 月 ｜ ISBN 978-988-79447-3-7 ｜
定價：港幣 $98

孤出版

WWW.LWOAVIE.COM